ヒットラーのむすめ

Hitler's daughter

ジャッキー・フレンチ 作
さくまゆみこ 訳

すずき出版

表紙・本文さし絵
北見葉胡

装幀
鈴木みのり

新装版装幀
長坂勇司

目次

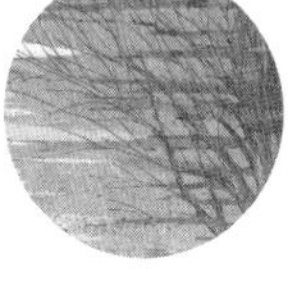

ヒットラーのむすめ

Hitler's daughter

第1章
お話ゲーム

ヒットラーのむすめの話を最初に聞いたのは、雨のふる日だった。

ハリスンさんの牧草地にいる雌牛《めうし》たちが、茶色くぬれて悲しげに立っているのが見えた。風に背中《せなか》を向けてかたまっている雌牛《めうし》たちの鼻からは、雨のしずくがたれていた。

マークは、しめった通学カバンをバス待合所の奥《おく》におきながら、ぬれそぼった雌牛《めうし》のすがたほどわびしいものはないな、と思っていた。雌牛《めうし》もカゼをひいたりするのだろうか？　雌牛《めうし》がクシャミをしたら、どうなるのだろう？

ワラビー・クリークの地域発展協会《ちいきはってんきょうかい》がスクールバスの待合所を建てたのは、去年のことだ。黄色いブリキの板を曲げてつくったもので、ハリスンさんの「下の牧場」の角からバスに乗る子どもたちが四人入っても、まだ余裕《よゆう》があった。

待合所は、バスを待つ子どもたちが雨風《あめかぜ》にさらされないようにとの目的で建てられたのだが、マークにとってはいい迷惑《めいわく》だった。

待合所ができる前は、雨の日はバスが角を曲がってゴトゴト走ってくるのが見えるまで、ヒーターのきいたあたたかくて快適《かいてき》な車の中で、母さんといっしょに待っていられたのだ。ほかの子もみんな、車の中でバスを待っていた。

ところが待合所ができると、母さんはキスをしてマークを車からおろし、手をふりながらさっさと家にもどってしまうようになった。町の家畜《かちく》仲買会社につとめる母さんは、出勤《しゅっきん》時間になるまであったかいキッチンにいられるからいいが、マークは雨のしずくが首を伝い落ちるのを感じながら、じめじめした寒い待合所でふるえていなくてはならない。

バス停に到着《とうちゃく》するのは、たいていマークがいちばん早かった。マークは上着のえりをあわせながら、せっかちな母さんをうらめしく思った。母さんは、タイヤがパンクするかもしれないし、マークが宿題を忘《わす》れて取りに帰るかもしれないし、昨晩《さくばん》出すのを忘《わす》れた学校からの手紙をマークが思い出すかもしれないなどと、いろいろな場合を考えて、いつも早々と家を出るのだ。

「おい、カバンをどかせよ！」ベンが待合所にかけこんできて、マークのカバンをおしやった。「クリーク（小さな川）を見たか？　真っ黄色になってるぜ。このままだと橋が流されるかもな」

ベンは、そうなってもらいたいような顔をしていた。

ベンは牧草地の向こう側に住んでいて、雌牛《めうし》のふんをうまくよけながら、約二分でバス停まで走ってくる。

「ねえ、雨にぬれた牛って、つやつや光ってるの知ってた？」マークがたずねた。

「いや」ベンは答えて、かぶっていたパーカーのフードを頭からはずした。

「まるでだれかがみがいたみたいなんだ。だけどさ、牛もクシャミってするのかな？」

ベンはちょっと考えてから「しないだろ」と言った。

「どうして？」

「知らないよ」ベンが言った。

「もしかしたら、ぼくたちがいないときにクシャミしてるかも」マークはそう思うことにした。

「どうだっていいよ」ベンはくつのかかとをコンクリートの床《ゆか》にこすりつけて、泥《どろ》を落とした。「ああ、アンナが来た」

「きょうは、アンナのお母さんが、おちびのトレーシーも乗せてきたんだな」マークが言った。

アンナは車をおりると、カバンを雨から守るようにしっかりかかえてかけてきた。

トレーシーも、水をはねかしながらついてくる。

トレーシーは、最初にバスに乗った日に「おちび」というあだ名がついた。(もうひとり、二つ先のバス停から乗ってくるトレーシーがいて、そっちはのっぽのトレーシーと呼《よ》ばれるようになった。)それに、おちびのトレーシーは、ほんとに「おちび」だったしな、とマークは思った。でも、この先もずっとおちびかどうかはわからない。母さんが飼《か》ってるフォックステリア犬は、おとなになってもまだ赤ちゃんみたいだけど。

「おはよう」アンナが、待合所のベンチにカバンをどさっとおろしながら言った。

「おはよう。ねえ、アンナ、牛がクシャミするの聞いたことある?」マークがきいた。

アンナはちょっと考えてから、「ううん、ない」と答えた。

トレーシーは、カバンをベンチの下におしこんでから、みんなの横にすわった。オレンジ色の泥《どろ》がはねた黄色いゴム長ぐつをはいている。

「アンナが、お話ゲームやってもいいって」トレーシーが言った。

「べつにいいけどさ」ベンは肩《かた》をすくめ、くつから泥《どろ》を落とす作業をつづけた。

「いいよ」マークも賛成《さんせい》した。お話ゲームはきらいじゃない。それに、どっちにしろバスが来るまでは、ほかにすることもないのだ。

このゲームは、去年トレーシーが学校に上がって二日目のときに始まった。

その日、トレーシーは泣いていた。涙《なみだ》をこらえようとしてか目を見開いたまま、大きくしゃくりあげていた。

そこでアンナがトレーシーの手を引いてベンチにすわらせると、こう言ったのだ。

「ゲームをしようか」

トレーシーは、また鼻をすすってしゃくりあげた。

「どんなゲーム？」マークがきいた。*アイ・スパイみたいな、くだらないゲームじゃないといいんだけど、とそのときは思っていた。

「お話ゲームよ」と、アンナが言った。「あたし、おばあちゃんとよくこのゲームしてたの」

トレーシーは、涙《なみだ》にぬれたまつ毛をパチパチさせながら、なんだろうという表情《ひょうじょう》でアンナを見上げた。

「何が登場するかは、あなたが決めるのよ」アンナがトレーシーに言った。「そしたら、あたしが、それについてのお話をつくるの」

つまらなそうだ、とマークは思ったが、トレーシーがまだ鼻をグズグズさせていたので、助け船を出すつもりで言った。

「よし。だったら、えーと、えーと……地球にやってきたエイリアンっていうのは、どうかな？」

アンナが首を横にふりながら言った。

「これは、トレーシーの物語なのよ。トレーシーは、なんのお話がいい？」

トレーシーは、あいかわらずグスングスンとやっていた。

「魚の話はどうかな？　じゃなかったら、クジラとか人魚とか……」

マークとしては、協力しているつもりで提案《ていあん》してみたが、それ以上出てこない。小さな子どもって、いったい何に興味《きょうみ》をもっているんだろう？

すると、トレーシーが急につぶやいた。

「馬がいい。馬のお話がいい」

アンナが、にっこりわらって言った。

「いいわよ。馬の名前はなんにする？」

「ソックス」トレーシーが言った。「それで、赤ちゃんの弟がいるの。弟の名前は……うーんとね、ボタンっていうの。そして、お母さんとお父さんといっしょに牧場に住んでて……」


それが、お話ゲームのそもそもの始まりだった。

このゲームは、トレーシーがバスや学校に慣《な》れるまで、一週間のあいだ毎日つづいた。それ以降《いこう》は、トレーシーのお誕生日《たんじょうび》とか、雨がふっていて鬼《おに》ごっこができない日とか、身を切るような風が吹《ふ》いている日だけ、やることになっていた。

雨が音を立てて側溝《そっこう》を流れ、石にぶつかってはねあがり、それからまた勢《いきお》いよく進むと、角を曲がってクリークへと流れ下っていた。ぬれた牧草の向こうから、一頭の雌牛《めうし》のモーという悲しげな声が聞こえてきた。雌牛《めうし》だって花粉症《かふんしょう》にでもなればクシャミくらいするだろう、とマークは思いながら言った。

「オーケー。じゃあ、きょうはなんの話にする？」

「あたし、えーと……妖精《ようせい》のお話がいいな」トレーシーが泥《どろ》のついたくつのかかとでカバンをけりながら言った。

ベンがうめいた。

「もっとおもしろいのにしようぜ。たとえばギャングとかさ。そうだ、一〇〇万ドルを盗《ぬす》んだギャングってのは……」

「恐竜《きょうりゅう》はどうかな？」と、マークが言った。

「赤ちゃんのね」と、トレーシーがのってきた。「ビリーっていう名前の赤ちゃんの恐竜《きょうりゅう》で、お母さんとはぐれちゃうの……」

「げっ！」ベンがばかにしたような声をあげた。

「きょうは、あたしが決めるわ」ふいに、アンナが言った。

マークは、アンナをじっと見て、けげんそうな顔で言った。

「だけど、そんなの今まで一度もなかったよ」

アンナは肩《かた》をすくめながら答えた。

「だったら、そろそろあたしの番でもいいでしょ」

「むかつかないやつにしてくれよ。この前みたいに、妖精《ようせい》だの金魚だのっていうのは、なしだぞ」ベンが言った。

「あたしね、こんど町に行ったら、また金魚買ってもらうんだ。色は黒と赤と……」

と、トレーシーが言いはじめた。

「黒と赤の金魚なんて、どうすんだよ？　さえねえな」ベンが言った。

「いつまでもしゃべってると、バスが来ちゃうよ。アンナ、始めてよ。なんの話にする？」マークがうながした。

アンナは少しためらってから、言った。

「えーとね……ヒットラーのむすめの話よ」

「やるじゃん」ベンが言った。

「ヒットラーって、だれ？」トレーシーがきいた。

「第二次世界大戦のときのやつだよ」ベンが説明した。「ドイツの指導者《しどうしゃ》だったやつだ。で、ドイツはオーストラリアの敵国《てきこく》だったんだ。日本もな。でもって、ヒットラーには、ナチスの突撃隊《とつげきたい》とかゲ*シュタポとかがついてて、人を拷問《ごうもん》にかけたり、*強制収容所《きょうせいしゅうようじょ》をつくったりしてた。それで、みんなは『ジ*ーク・ハイル！』とか『ハ*イル・ヒットラー！』とか言わなくちゃいけなかったんだ。ほら、テレビの映画《えいが》でもやってただろ？」

「でも、ヒットラーにはむすめなんかいなかったよ」マークが抗議《こうぎ》した。

「いいんだよ。ヒットラーのほうが妖精《ようせい》や金魚よりおもしろいじゃん。もしかしたら、そいつは『赤*い男爵《だんしゃく》』みたいに、戦闘機《せんとうき》のパイロットだったかもしれないぜ。ああ、でもあいつは第一次世界大戦のときだったな。おい、あいつを撃《う》ち落としたのはオーストラリア人だったって知ってるか？　バーン、バン、バン、バン……」

「でもさ……ほんとうにはいなかった人の話はだめだよ」マークが文句《もんく》を言った。

「なんで？　妖精《ようせい》だのなんだのっていうのは、ほんとうじゃないじゃん？」ベンがきいた。

「そりゃ、そうだけどさ。でも……」

「妖精《ようせい》とかは、ほんとうすぎるんだよね」トレーシーが口をはさんだ。

「だけど……」と、マークは言いかけてやめた。

実際《じっさい》にいた人についての作り話は、なんだかちがうような気がした。でも、その気持ちを言葉でうまくあらわすことはできそうもなかった。

「だったら、いいよ。その子の名前は？」マークもしぶしぶ承知《しょうち》した。

「バルディマーラ」ベンがにやにやしながら言った。

「それは、きのうテレビに出てきたやつじゃないか。バンパイアの王女とかっていうんだろ」と、マーク。

「悪いかよ？」

「テレビに出てきたのをこのゲームにもってきちゃだめだよ。それに、バルディなんとかなんて、ドイツの名前じゃないし」

「オーストリアよ。ヒットラーはオーストリア人だったのよ」アンナが落ちついた声で言った。

「どこがちがうんだよ？　それにオーストリア人の名前なんて、だれが知ってるってんだよ？」ベンがいらいらした口調で言った。

「ハイジっていう名前は？」トレーシーが言った。

「それはあのあまったるい本の主人公だろ……」と、ベン。

「そんなの、どうでもいいじゃないか。もうすぐバスが来ちゃうよ。アンナ、つづけてよ。そいつの名前はハイジで、ヒットラーのむすめだったんだよね」マークが言った。

「そして、お城《しろ》に住んでたんだよね」トレーシーが言った。

「お城《しろ》とは言えないわね」アンナはゆっくりと話しだした。「でも、大きくて、広いベランダがついていて、たくさんお部屋があったの……ハイジには数えきれないくらいね」

マークはベンチに深く腰《こし》をかけた。アンナが身を入れて話しだすまでには、いつも時間がかかる。でも、話しはじめると、けっこう楽しめる。アンナはいつも細かい描《びょう》写《しゃ》をしてくれるから、情景《じょうけい》がうかびあがるのだ。

「ゲルバーっていう女の先生がいてね。その先生が使うお部屋もいくつかあって、そこはタバコのにおいがしたの。タバコは吸《す》っちゃいけないことになってた。デュフィが、タバコを吸《す》うとガンになるって言ってたからね。デュフィは、世界の指導者《しどうしゃ》の中でただひとり、国の人々にタバコをやめさせようとした人なのよ。でもそれでもゲルバー先生がタバコを吸《す》ってるのは、ハイジも知ってたの。

キッチンは、小麦粉のにおいがしたわ。袋《ふくろ》に入った冷たい小麦粉のにおい、オーブンに入っているほかほかの小麦粉のにおい、こぼれた小麦粉のにおい。どれもちがうにおいがしたのよ。でも、ハイジがそう言うと、ゲルバー先生はわらうだけだった。『おりてっちゃいけない』部屋もあったの。そこでは、デュフィが制服《せいふく》を着た人たちや花もようのドレスを着た人たちと話をしてたから……」

「デュフィってだれさ？」ベンがきいた。

「ヒットラーのことよ。ハイジがどうしてデュフィって呼《よ》んでたのかはわからない。何か意味があるのかどうかも、わからないわ。とにかくハイジはデュフィって呼《よ》んでたの」アンナが答えた。

ベンが鼻でわらうと、言った。

「くだらねえな。つづけろよ。いいとこを早く話せよ」

「デュフィが使う部屋も上の階にあったけど、ハイジはそこには行けなかった。デュフィがその家に来たときは、いつも自分でハイジの部屋をのぞくことにしてたのよ」

トレーシーが、ベンチの上で体をはずませながらたずねた。

「ハイジの部屋はどんなだったの？」

「さあ、どうかしら」と、アンナ。

「あたし、わかるよ」と、トレーシーが言った。「とってもとっても大きくって、どこもかしこもピンク色なんでしょ。で、カーテンのついたベッドがあって、そのカーテンもピンクなのよね。そいで、一つの壁《かべ》は全部テレビになってて……」

「そのころはテレビなんかなかったよ」マークが口をはさんだ。

「いいだろ？　どうせお話なんだからさ。アンナ、つづけろよ。戦闘《せんとう》場面を話せよ」

ベンが言った。

「戦闘《せんとう》？」

「そうさ。わかるだろ。おもしろいとこだよ。ロシア戦線とか、エジプトのロンメル*将軍《しょうぐん》とか、V2ロケット*とかさ……」

「どうしてそんなに知ってるの？」マークがきいた。

「前の学期に自由研究でやったんだよ。すげえんだぜ。アンナ、つづけろよ。そのむすめがロンメル将軍《しょうぐん》とエジプトに行って、サハラ砂漠《さばく》を戦車でつっきったってのはどうだい？　それか、メッサーシュミット*を操縦《そうじゅう》したっていうほうが、もっといいや」

アンナは、パーカーのジッパーをいじくりまわしていた。

「あたし、メッサーシュミットのことなんか知らないし、戦いのこともわかんない。ねえ、この話はうまくいかないね。ヒットラーのむすめなんて言いださなきゃよかった。この話は忘《わす》れようよ。ほかの話のほうがいいんじゃない？　トレーシー、何がいい？」

「あたし、ハイジの話がいい」トレーシーが言った。

「そう。なら、ハイジがお姫様《ひめさま》ってことにしよう。ハイジ姫《ひめ》の話ね……」アンナがいそいで言った。

「ううん。もうひとりのハイジの話がいい。さっきまで話してたほう」トレーシーは、がんこに言いはった。

「だけど……しょうがないな。でも、戦いのことは話せないわよ。ハイジは、ひとつも戦闘《せんとう》を見なかったんだもの」

「そんなはずないだろ！　だって、ヒットラーのむすめだったんだぜ！」ベンが言った。

アンナは首を横にふった。

「ヒットラーのむすめは、戦闘《せんとう》からは遠ざけられてたのよ。それに、だれとも親しくさせてもらえなかったの。ヒットラーが結婚《けっこん》してたなんてだれも知らなかったし、ハイジのこともだれも知らなかったの。ハイジは、ゲルバー先生とベルヒテスガーデンというところで暮《く》らしてたの。ヒットラーは、そこに別荘《べっそう》を持ってて、ハイジはその別荘《べっそう》しか知らなかったの」

「でも、どうして？　どうして秘密《ひみつ》にしてたの？」マークがきいた。

「そんなのどうでもいいよ。どっちにしたって、ただの話なんだからさ」ベンが言った。

アンナが小さな声で言った。

「あざがあったからなの。顔に、大きな赤いあざがあったのよ。それに片足《かたあし》がもう片方《かたほう》より短かったから、足をひきずってたの……ほんのちょっとだけどね。

ヒットラーは、かんぺきな人種を繁栄《はんえい》させようとしてたの。その人種はアーリア人っていって、ヒットラーにいわせればユダヤ人じゃない白人のことね。目は青くて髪《かみ》はブロンドで、背《せ》が高くて、走ったりジャンプしたりするのが得意な子どもたちが世界を征服《せいふく》するはずだと、ヒットラーは思ってたの。でも、ヒットラーのむすめは、自分とおなじように背《せ》が低くて、目や髪《かみ》も濃《こ》い色で、顔にはアイロンでやけどしたみたいなあざがあったし、足をひきずって歩いてたのよ」

「そんなら、ヒットラーはその子を愛してなかったんだね」トレーシーが、カの鳴くような声で言った。

「そりゃそうだよ。だってヒットラーなんだよ。ヒットラーは、だれのことも愛してなんかいなかったんだ」マークが言った。

「ヒットラーがハイジを愛してたのかどうかは、わからないわ。ただ、ハイジは、いつもお父さんに愛してもらいたいと思ってたのよ」アンナが言った。

「でも、ヒットラーみたいなやつは、だれのことも……」と、マークが言いかけた。

「おい、バスが来たぞ！　その話、なんだか変だよな……」ベンが立ち上がりながら言った。

「だから、うまくいかないって言ったじゃない」アンナが言い訳《いいわけ》するように言った。

「変じゃないもん！　あたし、好きだもん！」トレーシーが言いはった。

バスは、黄色い水をはねかしながら、キーッとブレーキをかけて停《と》まった。スクールバスの中でもいちばん小さいやつだ。ミニバスといったほうがいい。

「あんたたちが雨に溶《と》けちゃってるんじゃないかと心配したよ」女性《じょせい》運転手のラターさんがさけんだ。

今朝はお茶のポットの保温《ほおん》カバーみたいな緑色のぼうしを、白髪《しらが》まじりのポニーテールの上に深くかぶって、かかとにひびが入った緑色のゴム長ぐつをはいている。

「遅《おそ》くなっちゃって、ごめんよ。今朝のニュースで首相が言ってたことを、だれか聞いた人いる？」

だれもいなかった。

ラターさんはため息をついた。ニュースについていろいろと話すのが好きなのだ。バスがしょっちゅう遅《おく》れるのはそのためだ。だんなさんと議論《ぎろん》しているうちに、バスの発車時間が過《す》ぎてしまうのだ。

「さあ、乗って、乗って」ラターさんは、だんなさんのハンカチで鼻をふきながら言った。

いつものように、トレーシーが最初に乗りこみ、運転席のすぐうしろの席にはずむようにしてすわった。マークは、ゆっくりとアンナのうしろから乗りこみ、ベンがすぐ後からついてきた。

バスはよろよろと動きだし、牧場の間をぬうように走っていった。バスを見送る雌《め》牛《うし》たちの房毛《ふさげ》からは雨がしたたり、冷たい地面に落ちたふんからは湯気が立ち上っていた。

「アンナ？」マークが呼《よ》んだ。

アンナがふり向いた。

「うん？　なに？」

「ハイジのお母さんはどうなったの？」

「死んだんだと思うわ。きっとそうよ。ハイジは一度も会ったことがなかったから」アンナが答えた。

「ああ」と、マークは言い、それからためらったのち、また声をかけた。「アンナ？」

「なに？」アンナは、またふり向いた。

「明日もつづきを話してくれる？」

「ええ……でも……。もし雨がふったら、考えてみてもいいけど。あの話は気に入らなかったんじゃないの？」

「おもしろかったよ」マークは言った。

＊訳注《やくちゅう》

アイ・スパイ＝一人が見えるものを一つ選んでその最初の文字を言い、ほかの者はそれが何かをあてるゲーム。

ゲシュタポ＝ナチスの秘密《ひみつ》国家警察《けいさつ》。

強制収容所《きょうせいしゅうようじょ》＝ナチスが反対派《はんたいは》などを収容《しゅうよう》した施設《しせつ》。強制労働《きょうせいろうどう》、拷問《ごうもん》、栄養失調、毒ガスなどで多くの収容者《しゅうようしゃ》が命を落とした。アウシュビッツなどが有名。

ジーク・ハイル＝勝利万歳《ばんざい》という意味のドイツ語。

ハイル・ヒットラー＝ヒットラー万歳《ばんざい》という意味のドイツ語。

赤い男爵《だんしゃく》＝第一次世界大戦でのドイツの撃墜王《げきついおう》。搭乗機《とうじょうき》を赤くぬっていた。

ロンメル将軍《しょうぐん》＝ヒットラーの親衛隊《しんえいたい》の指揮《しき》をとった。第二次世界大戦では、アフリカ機甲軍《きこうぐん》司令官となってイギリス軍を破《やぶ》った。

V2ロケット＝ドイツのミサイル。イギリスの本土攻撃《こうげき》に使われた。

メッサーシュミット＝第二次世界大戦でドイツ空軍が使った戦闘機《せんとうき》。

第２章

つづきが聞きたい

何かがちがう。どうもすっきりしない。そのことが、学校にいる間じゅう、ずっと気になっていた。

アンナが話した物語のことだ。どうもちがう。いつものお話ゲームみたいな話し方じゃなかった。

きっとあれは、前からアンナの頭の中にあった話なのだろう。だったら、ほかの者に口をはさませたりしないで、最初からそういう話し方をすればよかったのに。でも、アンナときたら、あんまり話したくないみたいだった。

もちろん、だからどうだというものではない。アンナはこれまでも、タスマニア*まで泳いでいった金魚の話とか、学校を占領《せんりょう》した野生馬の話とか、肉屋の下に秘密《ひみつ》の金《きん》鉱《こう》があった話などをしてきた。これも、そんな話の一つなのだから。

でも、どういうわけかハイジが現実《げんじつ》のすがたをとりはじめ……いや、まだそこまではいっていない。だけど、もしアンナがもう少し話してくれれば、現実《げんじつ》にいた人のように思えてくるかもしれない。

ふいに、マークは話のつづきを聞きたくてたまらなくなった。

帰りのスクールバスが、学校の前の道路に並《なら》んで停《と》まっていた。小さいとき、マークはバスってライオンみたいだと思っていた。学校の外で待っていて子どもたちをぱっくりのみこんで、家の近くのバス停でげっぷといっしょにはき出してくれるライオンだ。

マークはいつものように、アンナがのっぽのトレーシーとすわっているうしろに、ボンゾといっしょにすわった。おちびのトレーシーは自分と同じくらい小さい子とすわっている。ベンはうしろの席に仲間とすわっていた。

生徒たちは、ひとり、またひとりとバスをおりていった。おちびのトレーシーの友だちが最初におり、ベンの仲間とボンゾが店のそばでおりた。それから、のっぽのトレーシーがダーティ・バター・クリークでおりた。

マークは前にのりだして、アンナの肩《かた》をつついた。

「ねえ、知ってる?」

「何?」

「どうしてここがダーティ・バター・クリークって呼《よ》ばれてるか、わかったんだ。前は、ここに乳製品《にゅうせいひん》工場か何かがあったからだと思ってたんだけどさ」

「あったんじゃないの?」

「ちがうんだ。いつか父さんに聞いたんだけど、ここら辺にはそんな工場はなかったって。でも、そこ見て」

マークは、渦《うず》を巻《ま》いている黄色い水に目をやった。

「わあ、ほんと……」アンナがさけんだ。「まるできたないバターみたいね。うわっ……黄色と茶色だ」

「だろ? ねえアンナ、明日も今朝のつづきを話してくれる?」

「うーん、どうしようかな」アンナがゆっくりと言った。

「話してよ」

「ほんとうに聞きたいならね」アンナはさらにゆっくりと言った。

「うん、聞きたいんだ。だからさ……明日は少し早くバス停に来るっていうのはどう? そうすればもう少し長く話せるから。ぼく、母さんに話してみるよ。きみのお母さんも、トレーシーを拾って、一五分くらい早く来られないかな?」マークはきいた。

「うちのママ、お茶を飲む時間もなくなっちゃうな……うん、そうね。学校の自由研究についで話し合うからって言ってみるね」

「ありがとう」

マークはそう言うと、自分の席に深く腰《こし》かけたが、思いなおしてまた前にのりだした。

「アンナ？」

「えっ？」

「明日は、自分であの話をつづけてよ。つまりぼくたちが口をはさんだりしないで、ってことだけど」

「ベンはどうするの？　ベンにも早く来るように言う？」

「あいつが来る前に話を始めてもいいよ」

マークは、なんとなくベンがいると物語がうまく進まないような気がしていた。

＊訳注《やくちゅう》
タスマニア＝オーストラリアの南東にある島。

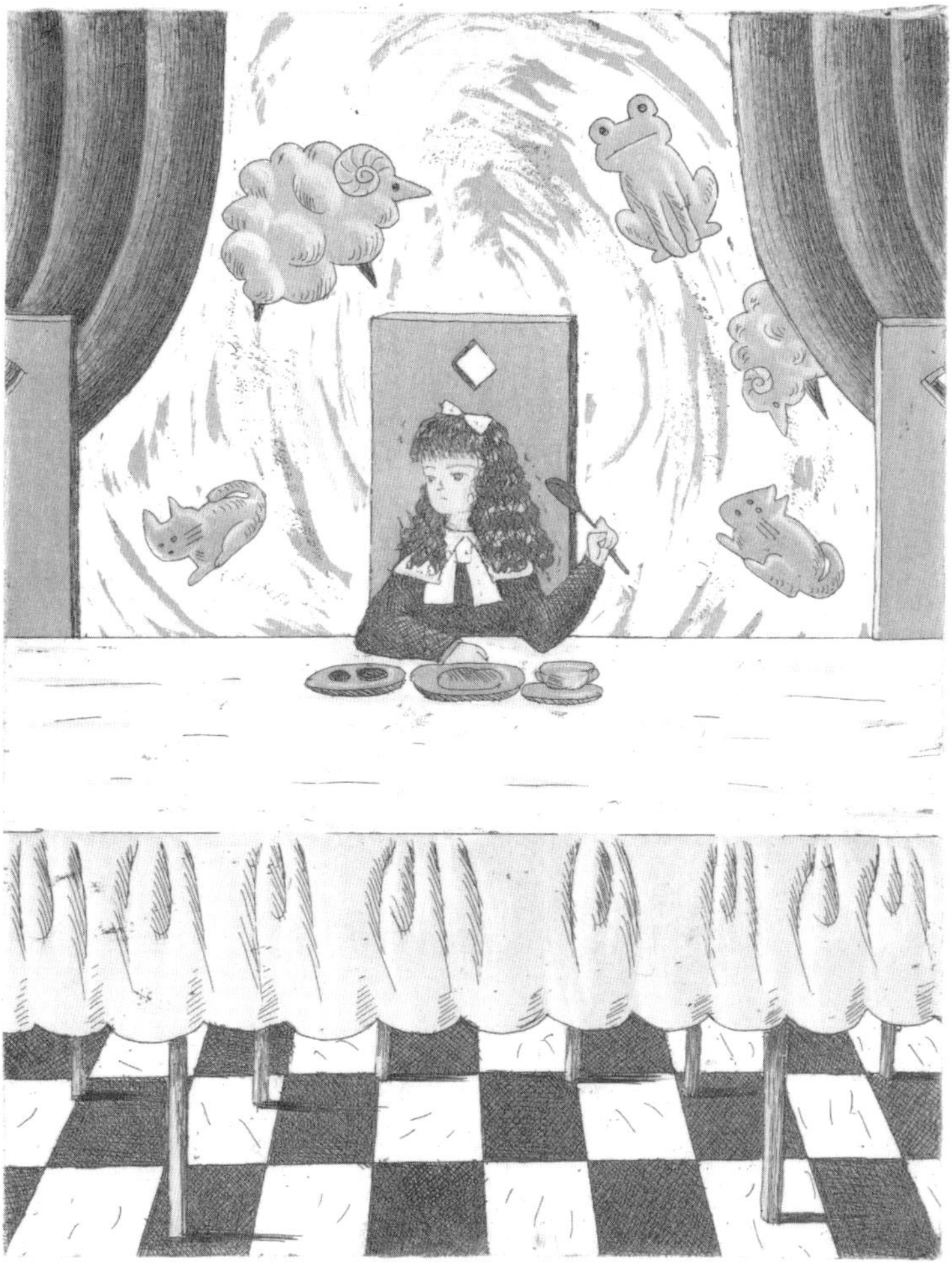

第3章

ハイジという名の子

といを雨が音を立てて走り、キッチンの窓《まど》の外においてある水おけに流れこんでいた。その音のせいで、クリークのカエルの声も聞こえなかった。下の平地ではクリークがごうごうと流れ、あたりの空気までふるえているように思えた。

マークのお母さんが、お皿を食器洗《あら》い機に入れながら言った。

「この調子だと、水おけがあふれるわね。マーク、ラジオを消してちょうだい。今朝はニュースなんか聞きたくもないわ。気が滅入《めい》っちゃうもの。宿題は持ったの？」

「うん」

「たしか？」

「うん。行こうよ、母さん。バスに遅《おく》れちゃうよ」

マークのお母さんは、びっくりして食器洗《あら》い機から顔を上げた。

「まだ時間はたっぷりあるわよ」

「でも、道がぬかるんでるから、つくまでに時間がかかるよ。きのう、母さんもそう言ってたじゃない」

「そうかもしれないわね。あら、傘《かさ》がまだぬれてるわ。こんなふうに水がたれてくるの、いやなのよね。先に車まで行ってて。すぐ行くから」

マークはうなずいた。雨がふると、小道の両わきに植わっているバラが、ずっしりと重たくなってうなだれる。そしてふれると、葉っぱや花から水がパラパラと落ちて、肩《かた》や腕《うで》をぬらすのだ。母さんの切り方が中途半端《ちゅうとはんぱ》だからだ、と父さんは言う。母さんは、バラにもやさしすぎるらしい。

車の中は寒くて、ぬれた犬のにおいがした。

マークのお母さんは、デフロスターを最大に回して、フロントガラスのくもりをとりながら言った。

「きのうバブルスを乗せたのがいけなかったわね。わあ、いやだ。ヒーターをつけると、もっとひどくにおうわ」

車は、家の前にたまっていた水をビシャビシャはねかしながら進み、舗装《ほそう》していない道路に出た。

「母さん？」

「うん？」

母さんは、水たまりをよけながら運転するのに集中している。

「まったくいつになったら、この道路をなおしてくれるのかしらね？」

「これまで、いちばん長くふりつづいた記録は？」マークがきいた。

「さあ、わからないわ。四〇日と四〇夜かしらね。ノアの洪水《こうずい》のときよ。ああ、そういえば、あんたのおばあちゃんが、一九四七年には六週間つづいたって言ってたわね。霧《きり》と雨が六週間もつづいたんですって」

「六かける七は四二か……四二日だったら、ノアのときよりすごいね」マークは満足したように言った。「そのときも洪水《こうずい》になったの？」

「庭のフェンスぎりぎりまで水が来たわ。いま野菜を育ててるあたりまでね。だれも外出できなかったって、あんたのおばあちゃんは言ってた。谷に住むヒルスンさんは、赤ちゃんが生まれるっていうんで、ヘリコプターを呼《よ》んだのよ……わっ、ごめん」

車が水たまりにつっこんだのだ。

「こんなに深いとは思わなかった。まあ、雌牛《めうし》がいるわ……ほら、どいてちょうだい」

マークは、雌牛《めうし》がのそのそと移動《いどう》するのをながめながら言った。

「ねえ、母さん。牛もクシャミすることある？」

マークのお母さんは、牛が後ずさりするといけないので、大きくハンドルを切りながら答えた。

「さあ……なんで？　クシャミはしないと思うけど」

「どうして？」

「わからないわよ。家にもどったら、牛が道路に出てるってネッドに電話しといたほうがいいわね……」

「母さん？　ヒットラーについて、なんか知ってる？」

お母さんが目をぱちくりさせ、車はまた水たまりにつっこんだ。

「やんなっちゃう……ヒットラーですって？　どうしてそんな話が出てくるの？」

「べつに」マークは答えた。

お母さんは肩《かた》をすくめて言った。

「あんたは、いつも最悪のときを選んで質問《しつもん》するわね。何が知りたいの？」

「どんなやつだった？」

「ああ、マーク。今は考えたくないわね……どろんこ道を走らなくちゃいけないだけでたいへんなのに」

「お願いだよ、母さん。知りたいんだ」

お母さんは、あいかわらずハンドルと格闘《かくとう》しながら、しぶしぶ話しだした。

「そうね。もちろんヒットラーは怪物《かいぶつ》だったのよ。強制収容所《きょうせいしゅうようじょ》もたくさんつくったし……ユダヤ人をいっぱい殺したし……たしか六〇〇万人だったと思うわ。ホロコースト*って言われてるの」

「六〇〇万人も！」

「ヒットラーは、ほかの人たちも殺したのよ。ジプシー*とか、労働組合の人たちとかも……去年テレビでやってたでしょ。チャンネルを途中《とちゅう》で映画《えいが》にかえちゃったけど。ああいう番組は、見るのがつらいのよ。あんなのを、どうしてテレビで放送するのかしら……ああ、それから、体のどこかが不自由な人たちも、ヒットラーに殺されたのよ……たしか、全部合わせると、一一〇〇万人くらい虐殺《ぎゃくさつ》されたんだと思うわ」

「一一〇〇万人も！」マークは、考えた。「オーストラリアの人口の半分以上にもなるじゃないか」

「ドイツだけじゃなかったのよ」と、お母さんはつづけた。「ヒーターを弱くしてちょうだい、マーク。むんむんしてきたわ……ヒットラーが征服《せいふく》した国はどこでも、収容《しゅうよう》所《じょ》があったの。だけど、どうしてそんなことに興味《きょうみ》があるの？」

車は、上下にゆれながら、またべつの水たまりを越《こ》えた。

「やんなっちゃう。車のおなか、こすっちゃったかも……」お母さんがまた言った。

「でも、なんで？」マークはきいた。

「なんでって？」

「ヒットラーは、なんでそんなことしたの？」

お母さんは肩《かた》をすくめた。

「そういう人間だったからでしょ」

「でも、なんか理由をつけなきゃ、そんなことできないよ！」

お母さんは、つぎつぎにあらわれる水たまりから注意をそらさないようにしながら、
仕方なさそうに答えた。

「優秀《ゆうしゅう》な白人種をふやしたかったんだと思うわ。アーリア人って言ったわね。そう、アーリア人種って呼《よ》ばれてた。純粋《じゅんすい》なアーリア人種は優秀《ゆうしゅう》だってヒットラーは思ってたのね。その考えに合わない人たちは、みんな排除《はいじょ》されたのよ……まあ、カンガルーだわ。あぶないじゃないの……」

道路の真ん中にいたカンガルーは、車が動いていくのを不安そうにながめ、一回、二回とジャンプすると、フェンスの向こうに消えた。

お母さんは、ようやく車が舗装《ほそう》道路に出たので、ほっとため息をつきながら言った。

「あんなふうにジャンプできたらって、いつも思ってたわ。ああ、そういえば、ジェ*シー・オーウェンズって人がいたわね。たしか、そういう名前だった。陸上選手だったの……一九三六年のオリンピックに出たんだと思うわ。アメリカ人だったかしら？よくおぼえてないけど、父さんなら知ってるわよ……とにかく、その年のオリンピックはドイツで行われて、ヒットラーは優秀《ゆうしゅう》な白人がすばらしい成績《せいせき》をあげるのを世界に見せたがってたのよ。でもね、かわりにジェシー・オーウェンズがメダルをさらってっちゃったの」

「どうしてそれが問題なの？」マークがたずねた。

「黒人だったからよ！　黒人選手が、アーリア人に勝っちゃったのよ」お母さんは言った。

車は、バス停の前でゆっくりと停《と》まった。

「だからヒットラーは、ジェシー・オーウェンズと握手《あくしゅ》もしなかったのよ」

「そんなにばかなやつに、どうして国が治められたのかな？」マークはきいた。

「わからないわ」お母さんは、半分うわのそらで言って、時計を見た。「まだずいぶん早いわよ」

「だいじょうぶだよ」マークは、いそいでお母さんにキスした。「じゃあね」

「じゃあ、また今夜ね。少し遅《おそ》くなるかもしれないけど、心配しないで。棚《たな》おろしの前に、帳簿《ちょうぼ》を整理しないといけないの。行ってらっしゃい。びしょぬれにならないようにね。宿題は持った？　お昼を買うお金は、ある？」

「うん、だいじょうぶだよ。じゃあね、母さん」

車は、ぬかるんだ道をゆっくりと遠ざかっていった。

きょうはトレーシーのお母さんがアンナを乗せてくる番だったらしい。早く来ればいいなと思いながら待っていると、緑色のトラックがアンナの家の前の私道《しどう》を出て道路をやってきた。

トレーシーがお母さんをだきしめ、それから待合所に向かって走ってきた。そでが破《やぶ》れた古い黄色のレインコートを着ている。アンナはゆっくり歩いてきた。上着のフードで顔が隠《かく》れている。

「きょうは早く来たの。アンナがお話のつづきをしてくれるから。ね、してくれるんだよね、アンナ」トレーシーが言った。

アンナはうなずいた。フードがずれて、前髪《まえがみ》が額《ひたい》にたれているのが見えた。

「聞きたいならね」アンナはぶっきらぼうに言った。

「うん、話して」マークは、わざとなにげない調子で言った。

けっきょくのところ、ただのお話じゃないか。これも、アンナがしてくれる話の一つにすぎない……でも、聞きたかった。

「始めてよ。ベンが来ると、『赤い男爵《だんしゃく》』だのなんだのを登場させろって言うからさ」

「きょうは、ベンは来ないわ。カゼひいたんだって。ベンのお母さんがうちのママに電話してきて、ラターさんにそう伝えてって言ったの」

アンナはそう言うと、目にかかった髪《かみ》をはらいのけた。

「お話、早くしてよ！」トレーシーが、しびれを切らしたように催促《さいそく》した。

「どこから話したらいいのか、わからないのよ」アンナが言った。

マークは、おどろいてアンナをじっと見た。アンナはいつだって、どこから何を話したらいいか、わかっていたのに。とまどったことなんて、これまでは一度もなかったのに。

「ハイジは、朝ごはんに何を食べてたの？　ペットは飼《か》ってた？　犬とか、馬とか？」

トレーシーがきいた。

アンナの緊張《きんちょう》がほぐれた。

「それなら話せるわよ。朝ごはんにはパンを食べたの。いろんな形をしたロールパンで、上に種がついてるのよ。キャラウェイの種とか、ケシの種がついてるパンだったの。一度、お誕生日《たんじょうび》のときに、コックさんがネコの形のパンを出してくれたわ。しっぽもついてたし、ケシの種で目もひげもつけてあったの」

「こんなのよ」

アンナがそう言いながら、くつのつま先で、泥《どろ》の上にかんたんなネコの絵を描《か》いた。

「ハイジがとても気に入ったので、お父さんは、毎週月曜日には、ネコか、カエルか、ヤギか、ロバの形のパンを焼くようにってコックさんに命令したの。一度なんかイースター*のときに、羊のパンも焼いてくれたのよ。赤ちゃんの羊もいっぱいね」

「ハイジはそれを食べちゃったの？」

アンナはうなずいた。

「毎週月曜日の朝になると、またもらえるんだから、食べてよかったのよ。それから、朝はミルクも飲んだの。お砂糖《さとう》を少し入れてね」

「それから、どうしたの？　学校には行ったの？」トレーシーがたずねた。

マークは、待合所の壁《かべ》に背中《せなか》をもたせかけた。アンナは、いつものように語るのに夢中《むちゅう》になってきていた。アンナの手もせわしく動いて、話に参加している。

「いいえ、学校には行かなかったの」

「なんで？」マークがとつぜん好奇心《こうきしん》にかられて、たずねた。

「だって……」

アンナは、少しためらってから言葉をつづけた。

「だって、ヒットラーにむすめがいるっていうことが、みんなにわかっちゃうでしょ。顔のあざのことで、からかわれるかもしれないし。それに、たぶん……たぶんヒットラーは自分も学校がきらいだったから、むすめにも行かなくていいって言ったのよ。そのかわり、ハイジは、家庭教師《きょうし》のゲルバー先生に勉強を習ったの」

「じゃあ、ハイジはどこへも行かなかったの？」トレーシーが、がっかりしたようにきいた。

アンナは、ためらうように答えた。

「教会には行ったと思うわ。日曜日には欠かさず行ったってわけじゃないと思うけど。たぶん、一度か二度は行ったんじゃないかしら……」

それからアンナは首を横にふりながら、こうつづけた。

「やっぱりこのお話はうまくいきそうもないわね」

マークは考えてから、言った。

「だったら、『ずっと前のことを思い返してみると……』っていうふうに始めてみたら？　マクドナルド先生が、前の学期にそういう作文を書かせただろ？」

アンナは大きく息を吸《す》った。指がかじかんで白くなっている。アンナはその指をポケットにつっこんだ。

「ハイジがずっと前のことを思い返してみると……」アンナがまた話しはじめた。

＊訳注《やくちゅう》
ノアの洪水《こうずい》＝旧約聖書《きゅうやくせいしょ》にある話。ノアは方舟《はこぶね》をつくって大洪水《だいこうずい》を生きのびた。

ホロコースト＝集団虐殺《しゅうだんぎゃくさつ》。特にナチスによるユダヤ人の集団虐殺《しゅうだんぎゃくさつ》。

ジプシー＝今はロマと呼《よ》ばれる民族。約五〇万人がナチスに虐殺《ぎゃくさつ》された。

ジェシー・オーウェンズ＝一九一三年にアラバマに生まれたアフリカ系《けい》アメリカ人。一九三六年のベルリン・オリンピックで、一〇〇メートル走、二〇〇メートル走、走り幅跳《はばと》び、四〇〇メートル・リレーの四種目で金メダルにかがやいた。

イースター＝イエス・キリストの復活《ふっかつ》を祝うキリスト教のお祭り。

第4章

幸せだと言われて

ハイジがずっと前のことを思い返してみても、ゲルバー先生はいつもそこにいました。ハイジの世話をしていたのです。独身《どくしん》で、背《せ》が高くて、やせていて、腰《こし》はスカートをつり下げるハンガーみたいでした。黒っぽい髪《かみ》はうしろでひっつめにして、幅《はば》のせまいスカートをはいていたので、速く歩いたり走ったりするのは無理でした。

ムント夫人という人もいました。この人はやもめで、手はバターのにおいがしました。ムントさんは、ゲルバー先生が家族に会いにいくようなとき、ハイジのめんどうを見てくれました。

◇
◆

ムントさんは、ダ*ーンドル・スカートの上にエプロンをつけていました。あるとき、この人がハイジをひざにのせて、お話をしてくれました。

「わたしらにはお金もないし、仕事もないし、パンもなかったんですよ。お金があったとしても、あのころは、値打《ねう》ちがなかった。荷車一台分のお金があっても、パン一斤《いっきん》も買えやしなかったんです。

だから、物乞《ものご》いをしてました。情《なさ》けないことですよ……だけど、食べるものを手に入れるためには、それしかなかったんです。ドイツが第一次世界大戦に負けてからは、わたしらがそれまで持ってたものは、フランスとベルギーの占領軍《せんりょうぐん》に、みんな取り上げられてしまいましたからね。あの人たちはムチでわたしらをおさえつけて、どん底の暮《く》らしをさせてたんです。まったく悲惨《ひさん》でしたよ。大戦のあとのあのころは、そんなふうでした。

そして一九三二年になりました。ヴィリっていうのは、わたしのいい人だったんですけど、オートバイを持ってました。戦前から持ってた古いオートバイでしたよ。ときどきガソリンが少しばかり手に入ると、わたしはうしろのシートに乗せてもらって、総統様《そうとうさま》のりっぱな演説《えんぜつ》を聞きにいったんです。そのころは、あの方、まだ総統《そうとう》にはなってませんでしたけどね。でも、すばらしい演説《えんぜつ》でした。何千人もの人たち、そりゃあたくさんの人たちが、拍手《はくしゅ》かっさいしてました。総統様《そうとうさま》は、失業者の味方になりたいのだとおっしゃいました。失業者っていうのは、わたしらのことでした。わたしやヴィリみたいな人間のことなんです。あの方は、わたしたちを救い出して仕事をあたえよう、そしてドイツをもう一度誇《ほこ》り高い自由な国にしようと語られました。わたしも、涙《なみだ》を流しながら、ほかの人たちといっしょに歓声《かんせい》をあげていましたよ。

その夜わたしは、貧《まず》しさから抜《ぬ》け出すために、りっぱな考えをもったその偉大《いだい》な方にみんなが投票するよう祈《いの》りましたよ。ほかの候補《こうほ》はだれも、あの方のような約束はしなかった。わたしらに希望をあたえてくれたのは、あの方だけだったんです。あのりっぱな方だけ……そしてあの方は、約束したものをみんなわたしらにくださったんですよ」

そのときになってはじめて、ハイジは、ムントさんが話しているのはデュフィのことだとわかったのです。

デュフィは総統《そうとう》でした。そしてハイジのお父さんでした。

総統《そうとう》がハイジのお父さんだとは、だれも口に出しては言いませんでした。ハイジもお父さんと呼《よ》んだことはありません。デュフィと呼《よ》んでいたその人は、訪《たず》ねてくるたびに、ハイジを抱《だ》きしめました。そうしょっちゅうは訪《たず》ねてきませんでしたが、来るときは長いブロンドの髪《かみ》をしたお人形をもってきてくれました。ハイジは夜になると、ひそかに泣きました。お人形は美しいのに、自分は美しくなかったからです。

ハイジもお人形と同じくらい美しければ、お父さんと呼《よ》ばせてもらえるかもしれないのに。

◆
◇

「だけど……一度もそう言われたことがないのに、ハイジはどうしてその人がお父さんだとわかったの？」マークが口をはさんだ。「ごめん。話をじゃまするつもりはなかったんだ……」

アンナは、首を横にふりながら言った。

「どうしてだか知らないけど、わかってたのよ。住んでたのも、ヒットラーの家だったでしょ。ベルリンにいないとき訪《たず》ねてくる家って言ったほうがいいかもしれないけど。それに、ハイジは『わたしの小さなむすめ』って呼《よ》ばれてたんですもの。『きょうは、わたしの小さなむすめはどうしてる？　ゲルバー先生の言うことをちゃんと聞いてたかい？』っていうふうにね。だから、わかってたのよ」

◇◆

ハイジは、午前中ゲルバー先生に勉強を習い、午後は散歩に出かけました。ゲルバー先生は、なんでも知っていました。木や花の名前をすべて知っていたし、草の名前だって知っていました。

「あれは、カッコウの声ですよ。ほら、ツグミですよ」と、ゲルバー先生は言うのです。

橋のそばの池にいるコイにパンを持っていくこともありました。中には、黒と金色の大きなコイもいました。池の魚にパンを投げてやりながら、あのコイはたぶん二〇〇年は生きてますね、とゲルバー先生は言いました。（ほとんどの魚はパンには見向きもしなかったので、ハイジは魚はパンがきらいなのではないかと思ったくらいです。)

その冬、ハイジが凍《こご》えそうなハリネズミたちを見つけたときは、暖炉《だんろ》のそばのかごに入れて飼《か》うことをゲルバー先生が許《ゆる》してくれました。ハイジはパンとミルクをそのハリネズミたちにあたえました。

「どっちにしても、たぶん死んでしまうでしょうね」と、やさしい声でゲルバー先生は言いましたが、世話をするのは認《みと》めてくれました。

ハリネズミたちは死なず、春になると、ハイジは庭に放してあげました。ハリネズミが恩《おん》を忘《わす》れず、ときどき訪《たず》ねてきてくれるかもしれないと期待しながら。ハリネズミでもなんでも、友だちがいるのはいいものです。でも、ハリネズミはあわてたように走っていき、ハイジは二度とそのすがたを見ることがありませんでした。

ハイジはいつも、ゲルバー先生より速く歩こうと思っていました。ゲルバー先生は、足をひきずってはいませんでしたが、歩くのはそんなに速くはなかったのです。

ハイジがやりたいことは、たくさんありました。ムントさんの長女ロッテが入っているBDM*にも入りたいと思っていました。ムントさんは、しょっちゅうロッテの話をしていました。ハイジはロッテに会いたくてたまりませんでしたが、もちろんそれは無理でした。ハイジは、だれにも会えなかったのです。

もしBDMに入れれば、スポーツ（スポーツがどんなものかは、ムントさんから教えてもらいましたが、おもしろそうでした）や、フォークダンスをしたいと思っていました。そして、いっしょに歌をうたったり、ときにはいっしょに映画《えいが》を見にいったりもするのです。

けれども、そんなことは許《ゆる》してもらえませんでした。

学校に行って、ほかの女の子たちと遊びたいとも思いましたが、それも、許《ゆる》してはもらえませんでした。

でも、ハイジは幸せなのです。みんながそう言っていました。ハイジは、きれいなものをたくさん持っていました。女の子がほしがるようなきれいなものは、みんな持っていたのです。

ハイジには、すてきな家もあるし、おいしいものも食べられるし、世話をしてくれるゲルバー先生もいるし、デュフィだっているではありませんか。デュフィは、ドイツのすべての子どもたちを愛するように、ハイジを愛してくれていました。

でも、ハイジは、「ドイツのすべての子どもたちの中でもいちばん愛しているのはおまえなんだよ」と、いつかある日デュフィが言ってくれるのではないかと夢《ゆめ》見ていました。

◆
◇

遠くからエンジンの音が聞こえてきた。ブンブンとうなるような音がどんどん近づいてくる。マークは、待合所から顔を出して外をのぞいた。スクールバスにしては早すぎる。

それは、オートバイをとばして町に向かうジョニー・タルボットだった。ジョニーは、待合所の前を通るとき、子どもたちに向かってさっと片手《かたて》をあげた。マークもちょっとだけあげた手をふった。

アンナは、ポケットに手をつっこんだまま、じっとすわっていた。

「だけどさ……」

マークはどう言おうかと言葉をさがした。

「どうしてハイジは、あんなやつに愛してもらいたいなんて思うんだ？　あんなに恐《おそ》ろしいことをしでかしたやつなのにさ」

「お父さんだったからよ」アンナは、それしか言わなかった。

「だけど、強制収容所《きょうせいしゅうようじょ》はどうなんだよ？　ユダヤ人をおおぜい殺したのはどうなの？　戦争を始めて、ポーランドなんかを侵略《しんりゃく》したのは？」

「ハイジは、知らなかったの」と、アンナは言った。

「知らないはずないよ！」

マークがそう言うと、アンナは、首を横にふった。

「強制収容所《きょうせいしゅうようじょ》のことは秘密《ひみつ》だったのよ。そこで行われていたことは、秘密《ひみつ》だったの。ただの作業キャンプだと思われてたわけ。新聞にも、そう書いてあったのよ。ハイジは新聞も見なかったんだけどね。だれも、ハイジには新聞を見せてくれなかった。たまに、お父さんが演説《えんぜつ》したという記事がのると、壁《かべ》に貼《は》るようにってゲルバー先生が写真を切り抜《ぬ》いてくれただけだった。

だから、知りようがなかったのよ。学校にも行ってなかったから、ほかの人の話を聞くこともなかったし」

「でも、ハイジはそこにいたんでしょ。ヒットラーの家にさ。真っただ中にいたんじゃないか」マークは反論《はんろん》した。

アンナはゆっくりうなずいた。

「たしかに真っただ中にいたのよね。でもハイジは、外の人が知ってることも知らなかったの」

アンナは両手をひざにおくと、お話を語るときの顔になった。

「戦争があったことは、ハイジも知ってたわ。だれもが戦争のことを話してたからね。でも、だれも、それがヒットラーのせいだとは言わなかった。その家にいる人たちは、みんなヒットラーに雇《やと》われてたのよ。だから、ヒットラーはすばらしいと思っていて、ハイジにもそう話してたの。

ヒットラーは、ドイツを救おうとしているリーダーで、栄光の第三帝国《ていこく》をもたらしてくれると、その人たちは信じていたの。ドイツは世界を統治《とうち》するようになり、第一次世界大戦の恥《はじ》はすっかりそそがれるのだってね。ハイジがそれを信じるのも、当然でしょう？」

マークは首を横にふりながら、また言った。

「でも……でも、知ってたはずだよ。いろんなことを考えてみれば……」

「もし自分の親が何か悪いことをしてたとしたら、わかると思う？」アンナが静かな声でたずねた。

「もちろんわかるさ。だけど、どう考えても、うちの親はほんとに悪いことなんか、しそうにないけどね」

「ほんと？」アンナはくいさがった。目がきらきらしている。「お父さんやお母さんが信じてることが正しいかどうか、きちんと考えてみたことあるの？　自分の親が考えてることなんだから正しいにちがいないって、思っちゃってるんじゃないの？」

「うーん……と……」マークは考えてみた。

そういえば、母さんや父さんがしていることを疑《うたが》ってみたことはない。そりゃあ、母さんがせっかちなのはどうかと思うし、父さんが負け犬（これは母さんの言い方だけど）とわかってるラグビーチームを応援《おうえん》するのもどうかと思う。でも、もっと大きいことでは、親を疑《うたが》ったことはなかった。母さんも父さんも、悪人ではないのだから。

「それとこれとはちがうよ」マークは、しばらくして言った。

アンナは、肩《かた》をすくめた。

トレーシーが、いらだったように足を踏《ふ》みならした。

「早くお話をつづけてよ。ねえったら、アンナ！」

アンナは、マークをちらっと見てから「いいわ」と言った。

「たまに……ほんのたまにだったけど……ハイジは、もしかしたら……もしかしたら、すべてがうまくいっているわけじゃない……と感じることがあったの」

◇
◆

それは、ハイジの誕生日《たんじょうび》パーティーがあったつぎの日のことでした。パーティーにはデュフィは来ていませんでした。最近は、ごくまれにしか来なくなっていたのです。ドイツ全体のことや、戦争のことを心配しなければならなかったからです。戦争中なのに、パーティーにはケーキが出ました。でも、護衛《ごえい》のひとりが、「バターがいっぱい使ってあるな」とつぶやいているのを、ハイジは聞いてしまいました。

どうもほかの人たちは、こんなケーキやバターはもう手に入れることができないらしいのです。

◆◇

「なら、護衛《ごえい》がいたんだね？」マークがたずねた。

「ええ。護衛《ごえい》はいつもいたの」と、アンナが言った。

◇◆

デュフィはパリからお人形を送ってきました。自分と同じ黒っぽい髪《かみ》をしたお人形だったので、ハイジはほかのお人形より気に入りました。でも、そのお人形の顔にもあざはありませんでした。それに、ハイジはもうお人形で遊ぶ年齢《ねんれい》を過《す》ぎていました。

そのお人形は、レースのついたビロードの服を着ていました。ちゃんとしたボタンがついていて、脱《ぬ》がせたり、また着せたりすることができる服です。ハイジはそのお人形を、ほかのといっしょにベッドの上の棚《たな》にすわらせ、ゲルバー先生をさがしに行きました。勉強の時間になっていたからです。ゲルバー先生は、これまでは一度も遅刻《ちこく》したことがありませんでした。

ゲルバー先生は、庭のプラムの木の下にある錬鉄製《れんてつせい》のいすにすわっていました。そして手紙を手にもって、泣いていました。顔はくしゃくしゃで、ネズミみたいに見えました。

ハイジは、おずおずと近寄《ちかよ》りました。泣いている人を前にして、どうしていいかわかりませんでした。

「ゲルバー先生、どうしたのですか?」とうとうハイジはたずねました。

ゲルバー先生は、ハンカチをポケットにつっこみ、ふつうの顔にもどろうとしました。

「わたしの弟が、ロシア戦線に送られるんですって。ああ、ハイジ、めちゃくちゃだわ。めちゃくちゃよ。弟は、戦死してしまうわ、きっと。この戦争には勝ち目がないもの」

それからふいに、ゲルバー先生はおびえた表情《ひょうじょう》を見せました。顔はむくみ、目は赤くなっています。ハイジがだれだか思い出したように見上げると、ほほえもうとしました。

「ばかなことを言ってしまいました。今言ったことは忘《わす》れるんですよ、ハイジ。みんな忘《わす》れてちょうだいね。弟のことが心配だっただけなんです。だれだって、そうでしょう。でももちろん、弟は無事に帰ってきます。そしてもちろんドイツは戦争に勝つんですよ」

ゲルバー先生は上着のポケットに手紙をしまいました。

「さあ、勉強の時間ですよ。あなたはとても幸せな子なんです。わかってますか？すばらしいことを学べるのですからね」

「ええ、わかってます」と、ハイジは答えました。


アンナはそこで言葉を切った。

「つづけてよ」しばらくすると、マークがうながした。

「もう一度、どこかおかしいとハイジが気づくきっかけがあったの」アンナは言った。

◆◇

◇◆

キッチンで働いている女の人から知ったのです。それは、洗《あら》い物係の、大柄《おおがら》な女の人でした。おしりがテーブルみたいに大きくて、髪《かみ》の毛がとても多くて、うしろでゆわえているのに、ぼさぼさとはみ出ていました。

その女の人は泣いていて、ほかの女たちがなぐさめていました。

「あたしゃ知らなかったんだよ」女の人はそう言いつづけていました。「あたしゃ知らなかったんだ。連れてかれたときは、そのほうがいいからだって言われたんだ。ちゃんと世話してもらえるんだって」

ハイジが聞いているのを見ると、ムントさんがキッチンをつっきってやってきて、ハイジの手を取って言いました。

「フレヤは具合が悪いんですよ。さあ、お二階に行きましょうね」

ムントさんは、泣いている人からハイジを引き離《はな》すように二階に連れていきました。

「どうしたのですか?」

ハイジがそうきくと、ムントさんはためらいました。

「妹が亡《な》くなったことを、さっき知ったんです」

「いつ亡《な》くなったんですか? 空襲《くうしゅう》でなの?」ハイジも、空襲《くうしゅう》のことは知っていました。

「空襲《くうしゅう》じゃありません。たぶん六か月前に死んでいたんです」

「フレヤに妹さんがいるなんて知らなかった」ハイジは言いました。

「その妹は、ふつうとちょっとちがったんです。頭の中がね。つまり、ほかの子どもたちみたいに賢《かしこ》くなかったんです。それで特別な学校に入れられていました。ところが今になって、フレヤは妹が亡《な》くなってることを知ったんです。亡《な》くなったことは知らされませんでした。家族が来月訪《たず》ねていくと手紙を出すまでは、だれも知らせてくれなかったんですよ。それで、もしかしたら妹は殺されたんじゃないかって、フレヤは疑《うたが》ってるんです」

「殺されたの？」ハイジは小声でききました。

「いいえ、そんなことありませんよ。そんなことは、もちろんありません」ムントさんは、やけにきっぱりと言いました。「フレヤは、うわさを聞いただけなんです。根も葉もないうわさですよ。おわかりでしょう。ですけど、いつかはそういうことも必要になるんです。みんなのためなんですからね。新しいドイツには、病弱な者はいりませんからね。フレヤの妹のような人は、成長して子どもをもったりするべきではないんですよ。ユダヤ人も同じことです」

「ユダヤ人って、どういう人なんですか？」ハイジはたずねました。

その言葉は、前にも聞いたことがありました。デュフィの本にも書いてありました。暖炉《だんろ》の棚《たな》の上には、デュフィが書いた厚《あつ》くてたいくつな本がおいてあって、ゲルバー先生は、それを毎日一ページずつハイジに読ませていました。その本には「ユダヤ人問題」についても書いてありましたが、どういう意味なのか、ハイジにはよくわかりませんでした。

ムントさんは、くちびるをかみました。

「それについては、ゲルバー先生にお聞きなさい。人々のうわさなど、たわごとです。ユダヤ人たちは、働きにいかされているだけです。ユダヤ人がお金持ちなのは、だれでも知ってますからね。そろそろあの人たちも働いていいころなんですよ。さあ、早くお二階に行きましょう」

あとで散歩しているとき、ハイジはゲルバー先生にききました。

「先生、ユダヤ人って、どういう人たちなのですか?」

ゲルバー先生は、歩く速さをほとんど変えずに言いました。

「ユダヤ人は、種類がちがうのです。わたしたちとはちがうのです。だから総統《そうとう》様《さま》が、あの人たちを切り離《はな》そうとなさっているのです。そうすれば、ドイツ人の血をけがしたり、弱めたりすることもできなくなりますからね」

「ユダヤ人は、どうなったのですか？」

「キャンプに送られているのです。働く場所に送られているのです」ゲルバー先生は、きびしい目でハイジを見ながらたずねました。「だれがユダヤ人の話をしたのですか？」

「だれも。えーと、ムントさんです。でも、先生にお聞きなさいって言われました」

「そうですか。今話したとおりですよ。ユダヤ人はわたしたちとはちがうのです。だから、べつのところに送られているのです」

「この近くにもユダヤ人はいるのですか？」

「いいえ、いませんよ。でも、もし逃《に》げたユダヤ人がこの近くに来たとしても、護衛兵《ごえいへい》がつかまえて送り返しますから、心配はいりませんよ」

「心配はしてません」ハイジは言いました。

◆
◇

アンナは、そこで話を切った。

「それからどうなったの？」マークがきいた。「つづけてよ」

トレーシーがマークをつついた。

「バスだよ。もう、バスが来てるよ」

＊訳注《やくちゅう》
ダーンドル・スカート＝たっぷりとギャザーのよったスカート。

ＢＤＭ＝ブント・ドイチャー・メーデル。ナチスの少女組織《そしき》。

第5章

父さんがヒットラーだったら？

あれは、ただのお話なんだ——その夜、夕食が終わると、マークは独り言《ひとごと》を言った。つくった話で、ほんとうのことではないんだ。——でも、ほんとうのことも出てくる。だから気になるのかもしれない。前にアンナがしたお話にはどれも、ほんとうのことは入りこんでこなかった。

夕闇《ゆうやみ》がせまってくるなか、茶色く濁《にご》ったクリークの水があわだち、ねじれながら流れていくのが見えた。マークの頭の中の思いみたいだった。居間《いま》の窓《まど》からも、自分の寝室《しんしつ》からもクリークは見える。そのにおいも、家の中まで入りこんでいた。去年からあるウォンバットのふんや牛のふん、腐《くさ》った葉っぱや木の幹《みき》、そういうのをみんないっしょくたに煎《せん》じたようなにおいだ。母さんはときどき飲むけど、父さんはきらいな薬草茶みたいに、いろんなものがまじっている。

幼《おさな》いころのマークは、大水のとき、いかだに乗って流されていったらどうだろうと考えたことがあった。すぐに海へ出て、それから海岸沿《ぞ》いに流されていくのだろうか。それとも、ヤシの木と白い砂《すな》のある島へたどりつくのだろうか。

もちろん実際《じっさい》は、いかだは濁流《だくりゅう》にのまれて、ばらばらにこわれてしまうにちがいない。乗っている者は渦《うず》に吸《す》いこまれるか、丸太にぶつかっておぼれるのがオチだ。それでも、空想してみるのはおもしろかった。空想したことがほんとうらしく思えることもあった。

アンナのお話の一部はほんとうにあったことだ。ヒットラーも実在《じつざい》したし、ユダヤ人も実際《じっさい》に虐待《ぎゃくたい》されていたのだ。

「父さん?」

「むむ?」

マークのお父さんは、家畜用《かちくよう》の新しい消毒槽《しょうどくそう》についてのパンフレットを読んでいるさいちゅうで、そのパンフレットから顔も上げなかった。

「マーク、三角法なら母さんに聞けよ。父さんは算数が苦手《にがて》なんだ。わかってるだろう」

「宿題のことじゃないんだ。ちょっと考えてることがあってさ」

「ここのとこだけ読んじまうから待ってろよ………よし、なにを考えてるって?」

「どうしてヒットラーはユダヤ人をきらってたの?」マークは、急いでたずねた。

お父さんは、目をしばたたいた。

「どうして、そんなことをきくんだ？」

「ちょっと学校で勉強してるんだよ」と、マークは言った。まるっきりうそというわけではない。

「わからんな」

そう言うとお父さんはパンフレットに目を落とし、それから親の義務《ぎむ》を思い出したようにまたマークを見た。

「ホルスター先生にきいてみたらどうだ？」

ホルスター先生というのは、学校の図書の先生だ。

「わかったよ」マークは、がっかりしたように返事をした。

お父さんは、困《こま》ったようにマークを見ると、また言った。

「ヒットラーが虐殺《ぎゃくさつ》したのは、ユダヤ人だけじゃなかった。自分にたてつく者はだれでも殺したんだ。おまえが知りたいのは、それだけかい？」

マークは首を左右にふりながら、考えた。

「父さん？」

「なんだい？」お父さんは、ちょっと疲《つか》れたような声できいた。

「もし父さんがヒットラーだったら……」

「もし父さんがなんだって？」

お父さんは笑い出した。

「ちがうんだ、父さん、まじめにきいてるんだよ。もし父さんが、ヒットラーと同じようなことをしてたとしたら――すごく悪いことをしてたとしたら――そしたら、ぼくはどうするべきなの？」

お父さんは、さっきより鋭《するど》い目でマークを見た。

「つまり、息子《むすこ》なんだから、なにがあっても父親に協力するべきかどうか、ってことかい？」

「まあ、そういうこと」

「さあな」

お父さんは、ゆっくりそう言った。そして、はじめてマークの質問《しつもん》にまじめに答えようとしているように、パンフレットを下におくと、つづけた。

「おまえは、自分が正しいと思うことをするべきだろうな。だけど……」

お父さんは、ここでちょっとためらってから、言った。

「もし父さんとおまえの意見がちがっても、話し合うことができたらいいよな。どんなに言い争っても、それでも顔を合わせて家族でいたいと思うね」

「わかった」マークは言った。

「これで答えになったのかい？」

「わかんないよ」マークは正直に言った。「だったら、もしもぼくが大量殺人をおかしてたら、父さんはどうする？　チェーンソーでばらばら殺人なんかやってたとしたらさ」

「こづかいをストップするな」お父さんは、にやにやしながら言った。「そして、有《う》無《む》を言わせずこう宣言《せんげん》する。おい、こんど殺人をおかしたら、二週間はテレビなしだぞ。それに、母さんのバラの苗《なえ》の下に死体を埋《う》めようとしたら、部屋に閉《と》じこめるからな。それから、父さんのチェーンソーについた血はちゃんと洗《あら》っとくんだぞ」

「まったくもう……まじめにきいてるんだよ！」

「どうだろうな」お父さんは、またまじめな顔にもどって言った。「おまえがどうしてそんなことをしたのか、考えるだろうな。おまえのために悲しむだろうな。犠牲者《ぎせいしゃ》のためにも、悲しむだろうな。そして、おまえを助けてくれそうな人をさがす。父さんと母さんの育て方のどこか間違《まちが》ってたのかと悩《なや》むだろうし……」

「ぼくのことを警察《けいさつ》に知らせる？」

「ああ」お父さんは、ゆっくりと言った。「そうせざるをえないだろう。だけど、とんでもない質問《しつもん》だな、マーク」

「それでも、ぼくのこと好きでいられる？　ぼくがどんなにひどいことをしたとしても？　たとえぼくが何万人もの人を殺したとしても？」

「ああ、もちろんだよ、ぼうず……もしかしたら、ちがう愛し方でってことになるかもしれないけどな……だけど、いったいなんだって、こんな話をもちだすんだい？」

「べつに。なんでもないよ」マークは言った。

第6章

ハイジの引《ひ》っ越《こ》し

雨が地面をピチャピチャたたき、ハリスン牧場のぬれた鉄条網《てつじょうもう》からも、ポタンポタンとしたたり落ちていた。バス待合所の屋根からは、さらに大きな雨音がひびいていた。

雌牛《めうし》たちは、ぬれた草を悲しげに食べていた。きょうは風がなく、雨は空からまっすぐ落ちてきている。

「ぜんぜんやまないな。ずっとずっとふりつづいたら、学校に行くにもボートがいるし、車はみんな流されちゃうね」マークが言った。

「ほんとにそうなる?」トレーシーが目を丸くしてたずねた。

「ううん。もちろんならないさ」マークは言った。「ねえ、アンナ……ちょっとききたいんだけど、あの話、前にだれかに話したことあるの? あのヒットラーが出てくる話」

「いいえ、ここでだけ」アンナはそっけない声で答えた。

「そうか」マークは、なんとなくうれしかった。

「もっと話してくれる?」トレーシーがぴょんぴょんとびはねながら言った。

「聞きたければね」アンナが言った。

◇◆

ゲルバー先生にユダヤ人のことをたずねてから間もなく、ハイジたちは引《ひ》っ越《こ》しをしなければならなくなりました。

「どうしてお引《ひ》っ越《こ》しするんですか？」ハイジは、半分おびえ、半分は興奮《こうふん》しながらたずねました。

ゲルバー先生は、一通の手紙をふってみせました。タイプライターで打ってあり、最後にのたくったような字でサインがしてあります。でも、何が書いてあるかハイジには読み取れませんでした。

「デュフィからのお手紙？」ハイジはたずねました。

ゲルバー先生は、すべての命令はつまるところデュフィから来るのだとでも言うように肩《かた》をすくめました。でも、この手紙はだれかほかの人から来たものでした。

「どこに行くんですか？」ハイジはききました。

ゲルバー先生が引《ひ》っ越《こ》し先を教えてくれましたが、ハイジは聞いたことのない場所でした。

「午後になったら、地図で見てみましょうね。きっとすてきな場所ですよ。あなたも気に入るでしょう」ゲルバー先生は言いました。

「でも、いったいどうしてお引《ひ》っ越《こ》ししなくちゃいけないんですか？」

「そっちのほうが安全だからですよ」

ゲルバー先生はそう答えましたが、だれにとって安全なのかは言いませんでした。先生はにっこりして、つけ加えました。

「わたしの実家には、ずっと近くなりますよ。自転車でほんの二、三時間のところです」

「先生のご家族、会いにくるんですか？」ハイジは、期待をもってたずねました。

ゲルバー先生は、ときどきハイジにお母さんや妹や弟からの手紙を、特別に見せてくれることがありました。先生のお父さんはデュフィのお友だちでしたが、何年も前に亡《な》くなっていたので、先生が働かなければならないのです。

しかしゲルバー先生は、総統様《そうとうさま》の家で働くのは名誉《めいよ》なことだと、よく言っていました。前に、こんな説明をハイジにしたことがあります。

「結婚《けっこん》しようと思えばできたのですよ。申し出が……ええ、いくつかありましたからね。何人かの男性《だんせい》に結婚《けっこん》を申しこまれていたのですよ」

「どうして結婚《けっこん》しなかったのですか？」ハイジはたずねました。ゲルバー先生が、「あなたをひとりにしたくなかったのですよ」と言ってくれるといいなと思っていたのです。

しかし、先生はそうは言わず、「仕事をやめて結婚《けっこん》するですって？　総統様《そうとうさま》があんなによくしてくださったのに？　そんなことはできません」と言ったのでした。

「わたしの家族は会いにこないと思います」

今、先生は、ハイジがなぜかとたずねることができないような声で言いました。

ふいに、ハイジはあることを思いついて、ききました。

「新しい家にはデュフィがいるのですか？」

もしかしたら、それが引《ひ》っ越《こ》しをする理由なのかもしれません。こんどは、デュフィといっしょに暮《く》らすことができるのかもしれません。デュフィは、ハイジと離《はな》れているのがつらくなったのではないでしょうか？　だから、たぶんデュフィがそう言って……。

でも、ゲルバー先生はこう答えました。

「いいえ、もちろんそんなことはありません。総統様《そうとうさま》はベルリンにいらっしゃいます」

「でも、訪《たず》ねてくださるのでしょう？」

「たぶん。もしかしたら」ゲルバー先生は言いました。

荷造《にづく》りは、ほかの人たちがしてくれました。ハイジは、自分のお人形と特別な本を荷物に入れただけでした。

ハイジは、お人形をおいていきたいと半分は思っていました。お人形たちが、きれいで、かんぺきすぎたからです。でも、デュフィにもらったものだし、ゲルバー先生にどう言ったらいいかもわかりませんでした。

ハイジたちは、つぎの日、自動車で新しい家まで行きました。引《ひ》っ越《こ》しの段取《だんど》りは、ゲルバー先生に命令が届《とど》く前からできていたようでした。

兵士が三人、手伝いにやってきました。

そのうちの一人はハイジたちの車を運転し、もう一人は、うしろからオートバイに乗ってついてきました。そして残る一人は、荷物を積んだ車を運転しました。

ゲルバー先生は、運転ができませんでした。そのころ、運転ができない女の人は多かったのです。それにどっちにしても、途中《とちゅう》で何も不都合がおこらないように、護衛兵《ごえいへい》たちが二人の世話をすることになっていました。

引《ひ》っ越《こ》し先までは一時間の道のりでしたが、ハイジが車に乗ったのは、はじめてのことでした。（いえ、前に一度だけ、デュフィがドライブに連れていってくれたことがありました。デュフィは、湖やガチョウを指さし、ガチョウの声をまねしてハイジをわらわせました。でも、それは、よくおぼえていないくらい、ずっとずっと前のことでした。）

ハイジは、こんなに遠くまで来たことはありませんでした。見るのがはじめてのものも、たくさんありました。畑は、これまで知っている畑によく似《に》ていても、ずいぶんとちがいました。薄茶色《うすちゃいろ》の雌牛《めうし》もいたし、あるときは果樹園《かじゅえん》にヤギが二ひきいるのが見えたこともあります。ヤギたちはテーブルの上にのぼって、木の葉を食べようと首をのばしていました。ハイジはわらい、指さしてゲルバー先生に教えました。

ハイジは、ヤギをもっと見たかったので、車を停《と》めてほしいと言いたくなりました。でも、運転手に話しかけてはいけないと、前もってクギをさされていたのです。

どうして話してはいけないのか、理由は言われませんでした。でも、想像《そうぞう》はつきました。乗っている少女がだれなのか、運転手に知られてはならないのでしょう。

とつぜん、空のかなたから、ブーンという音がかすかに聞こえてきました。プラムの花に集まるミツバチみたいな音ですが、ミツバチにしては鋭《するど》すぎます。音はしだいに大きくなり、どんどん近づいてきました。そのうちにエンジン音だということがわかるようになりました。

運転手がゲルバー先生をちらっと見て、車を木の下に寄《よ》せました。空から見えないようにするためです。うしろの車は生《い》け垣《がき》のそばに停《と》まりました。オートバイも同じように停《と》まりました。

「爆撃機《ばくげきき》です」と、運転手が短く言いました。

敵《てき》の飛行機は、ゆっくり、ゆっくり、ゆっくりとやってくるように思えました。でもふいにスピードを上げて、あっという間に上空まで来ていました。

「外に出て地面にふせたほうが、よくはないかしら。車が見られたかもしれないわ」ゲルバー先生が心配そうに言いました。

「もう間に合いません。今動いたらわかってしまいます」運転手が言いました。

ハイジは、もっとよく見ようと、窓《まど》から首をのばしました。

爆弾《ばくだん》が車をねらって落ちてくる音は、中にいる人にも聞こえるのでしょうか。でも聞こえたら、つぎの瞬間《しゅんかん》には死ぬのだと思うと、ハイジは急に恐怖《きょうふ》におそわれました。

ゲルバー先生は、飛行機を見ただけで危険《きけん》が高まるとでもいうように、ハイジを引っぱりました。でもその前に、爆撃機《ばくげきき》がちらっと見えました。といっても、高すぎたので、はっきり見えたわけではありません。あっと思ったときには、木々の向こうの草の上を黒い影《かげ》が通り過《す》ぎていきました。

死は、こんなにも早く木々の上までやってくるのだ、とハイジは思いました。ハイジは、その影《かげ》が見えなくなるまで目で追っていました。エンジン音もだんだん遠ざかり、またブーンという小さな音に変わりました。

ゲルバー先生がハイジの手をにぎりました。先生の手は、じっとりと汗《あせ》をかき、ぶるぶるとふるえていました。やがて運転手が車のエンジンをかけ、一行はまた先へと進みました。

さらに木々や畑がつづき、一度は村に入りました。広場の片側《かたがわ》には教会があり、もういっぽうの側にはカフェがあります。ハイジが見たところ、爆撃《ばくげき》の被害《ひがい》はまったくないようです。ただ村のはずれにある一軒《いっけん》の家は半分こわれ、窓《まど》にはガラスでなく厚紙《あつがみ》がはめてありました。

「はぐれ弾《だん》ですね、たぶん」その家をあごでさしながら、運転手が言いました。「標的に落とさなかった余分《よぶん》の爆弾《ばくだん》があると、どこかに落としていくんですよ。落としていけば、故郷《こきょう》に帰るのにたくさん燃料《ねんりょう》を使わなくてすみますからね」

故郷《こきょう》というのは、イギリスのことです。攻《せ》めてくる敵《てき》はイギリスだったのです。イギリス人たちはどういう気持ちなのか、ハイジも考えてみることがありました。悪人なのでしょうか、それともただ愚《おろ》かなのでしょうか？　全ドイツを敵《てき》に回し、デュフィを敵《てき》に回して、勝ち目があるなんて、どうしたら思えるのでしょう？地図で見ても、ちっぽけな島にしかすぎないではありませんか。

村から出る道路は曲がりくねっていました。農場を一つ過《す》ぎ、黒土の上で転げ回っているブタがいるもう一つの農場も通り越《こ》し、べつの道路に入り、巨大《きょだい》な傘《かさ》のように枝《えだ》を茂《しげ》らせている二本のオークの古木の前を通り、車はようやく目的地につきました。

今度のは、小さい家でした。前に住んでいた家が大きかったので、ハイジには小さく見えたのかもしれません。木々の下でうずくまっているその家のようすは、爆撃《ばくげき》を避《さ》けて身を隠《かく》してでもいるようでした。

とはいえ、二階（ねじれたような狭《せま》い階段《かいだん》を上がっていくのです）には、寝室《しんしつ》が三つありました。一つはハイジの寝室《しんしつ》、もう一つはゲルバー先生の寝室《しんしつ》で、残る一つは教室になるはずでした。持ってきた本はみんなその教室に入れることになりました。大きなキッチンの床《ゆか》には石が敷《し》いてあり、ひんやりとしていました。キッチンのドアから外へ出て階段《かいだん》をおりたところには、キッチンより大きな地下室がありました。

ゲルバー先生は、地下室を念入りに調べていました。どうしてそんなことをするのか先生は言いませんでしたが、敵《てき》の飛行機が飛んできたら地下室に逃《に》げこむからだということは、ハイジもわかっていました。家が爆撃《ばくげき》でこわれたとしても、地下室はだいじょうぶなのでしょう。

地下室は、あまったるいような、かびくさいようなにおいがしていました。大きな箱につめた枯《か》れ葉《は》の間には、リンゴが入っていました。棚《たな》にはジャムやザウアークラウト*やハチミツのびんが並《なら》んでいます。キャベツは大きな山の形に積み重ねられ、ジャガイモの袋《ふくろ》も二つおいてありました。ジャガイモは一袋《ひとふくろ》だけあいていて、少しだけ中身が取り出されているようでした。ほかに、金色のタマネギが入った袋《ふくろ》がありました。タマネギの皮が、金色の枯れ葉《かれは》みたいに落ちていました。

「前にここに住んでた人たちは、どこにいるのですか？」と、ハイジはききましたが、ゲルバー先生は答えられませんでした。

「わたしたちには関係のないことですよ」と先生は言いましたが、ハイジはそうは思いませんでした。

つい最近までほかの人が住んでいた家をうろうろ見てまわるのは、変な気持ちでした。だれかが、ついこの間までここでタマネギやプラムジャムを食べていたというのに、それがどんな人たちなのかもわからないし、今はどこにいるのかもわからないのです。

ここは、ハイジとゲルバー先生だけが住む家でした。護衛役《ごえいやく》のアムヘル軍曹《ぐんそう》は、納屋《なや》で寝泊《ねと》まりするのです。

この軍曹《ぐんそう》は年寄《としよ》りで、鼻を強くかんだら取れてしまうのではないかと思えるような、白髪《しらが》まじりの口ひげを生《は》やしていました。そして、前の戦争で負傷《ふしょう》した足を、ハイジと同じようにひきずって歩いていました。

ハイジは、自分も足をひきずる仲間だということを軍曹《ぐんそう》に気づいてほしいと思っていました。「二人合わせても、ちゃんと動く足が二本しかないね」などというような冗談《じょうだん》を言ってほしいと思っていました。しかし軍曹《ぐんそう》は人づきあいがきらいなようでした。ハイジがこれまで知っているほかの護衛兵《ごえいへい》たちのように門の前に気をつけの姿勢《しせい》で立つこともなく、庭に植えた大きなキャベツの世話ばかりしていました。ハイジがにっこり笑いかけても、軍曹《ぐんそう》はたいていい見なかったふりをしました。「おはようございます」とハイジが言っても、聞こえなかったふりをしました。

ハイジたちを守る護衛《ごえい》は、今やこのアムヘル軍曹《ぐんそう》ひとりでした。

新しい家での最初の夜、ゲルバー先生はろうそくをともし、居間《いま》にある黒っぽい色のかたいいすにハイジをすわらせて、言いました。

「明日、ごはんをつくったり、おそうじをしたりするおばさんが来てくれます。ライプ夫人という人です。ふつうの農家の人ですけど、それでも、礼儀《れいぎ》正しく応《おう》対《たい》するのですよ」

「はい、もちろんです」ハイジは言いました。

ゲルバー先生は、少しためらってから言葉をつづけました。

「ライプさんには、あなたがわたしの姪《めい》だと言ってあります。空襲《くうしゅう》で死んだ妹の子どもということになっています」

ハイジはおどろき、目を上げてききました。

「先生の妹さんは空襲《くうしゅう》で死んだのですか？」

ゲルバー先生の妹は結婚《けっこん》して、実家から通り三つほど離《はな》れたところに暮《く》らしていました。そして去年のクリスマスには、ゲルバー先生にスカーフを贈《おく》ってくれたのです。ハイジは、いつかゲルバー先生の家族が自分にもプレゼントを送ってくれるといいな、とひそかに思っていました。でも、そんなことは一度もありませんでした。もしかしたらゲルバー先生は、手紙にハイジのことを書いたことがないのかもしれません。あるいは、先生の家族の人たちは、ハイジはなんでも持っていて、プレゼントなどいらないと思っているのかもしれません。

「いいえ、そんなことはありません。妹は元気ですよ。先月は軽いインフルエンザにかかりましたけれどね。でも、ライプさんにはそう思わせておいたほうがいいんです」

ゲルバー先生はそう答えると、またちょっとためらってから言いました。

「ライプさんとは、あまりおしゃべりをしないようにね。わかりましたか？」

「わかりました」と、ハイジは言いました。

◆
◇

＊訳注《やくちゅう》
ザウアークラウト＝キャベツを塩漬《しおづ》けにしたドイツの漬《つ》け物《もの》。

第7章
おしゃべりなライプさん

雨は待ちきれないようにつぎからつぎへと空から落ちてきて、待合所の屋根をたたいていた。一頭の雌牛《めうし》がうめくように鳴いた。何もかもがわびしいと訴《うった》えているような声だった。

「先をつづけてよ」マークがうながした。

「でも、バスが……」と、アンナが言った。

マークは腕時計《うでどけい》を見た。

「まだあと五分はだいじょうぶさ。つづけてよ！」

アンナは息を吸《す》いこむと、また話しはじめた。

◇
◆

ライプさんの髪《かみ》は白くなっていました。ゲルバー先生みたいに白髪《しらが》がまじっているというのではなくて（ハイジはときどき、先生の頭はめんどりの羽根みたいだと思っていました）、全体が灰色《はいいろ》で、金属《きんぞく》でできているのかと思うほどきっちりしたカールが頭をおおっていました。

ライプさんの手は大きくて、指の関節は赤くなっていました。それにゲルバー先生のよりずっと長くて幅《はば》も広いスカートをはいていました。リンゴやキャベツをくるんで地下室から運んでくるのにも使えるようなスカートです。それに、首からひざまであるエプロンをかけていました。何を着ているときでも、そのエプロンが腰《こし》にぬいつけられているみたいに見えました。

ハイジは、エプロンをしていないライプさんは見たことがありませんでした。行き帰りにまでエプロンをしていたのです。しかもそのエプロンはかなり長いらしく、わきにたくしあげてありました。昔はもっと背《せ》が高かったとでもいうみたいでした。

ライプさんは、道路を下ったところにある農家に住んでいました。黒土の上をブタが転げ回っているのを見た、あの農家です。だんなさんは、若《わか》い孫息子《まごむすこ》二人と、二人の嫁《よめ》といっしょに畑を耕《たがや》していました。息子《むすこ》たちは戦争にかり出されていました。もっとも一人はアメリカの捕虜収容所《ほりょしゅうようじょ》に入れられていましたが。(今では、アメリカも敵国《てきこく》になっていたのです。)

だんなさんは、ナチスの党員《とういん》でした。このあたりでは最初に入党《にゅうとう》した一人です。

それで、おかみさんのほうも信用できると思われたのでしょう。

ライプさんはおしゃべりが好きでした。

方言のなまりが強かったので、何を言っているのかわからないこともありました。でも、ひっきりなしにしゃべっているので、半分しかわからなくても、じゅうぶん会話はできるのです。

「あたしのおしゃべりは、ブタの鼻がのびるみたいなもんさね」

ライプさんはそう言って、にやりとわらいました。わらうと、奥歯《おくば》の間の暗いすきまが見えました。ライプさんが言ったのは、頭の中で思いうかぶままに口がしゃべっているという意味です。そしてライプさんの灰色《はいいろ》のカールの下には、思いうかぶことがいっぱいあるのでした。

「その顔はどうしたんだい？　やけどかい？　そうなのかい？　爆弾《ばくだん》かい？」ライプさんはハイジを見るなり、ききました。

「生まれたときから、こうなんです」ハイジは落ちついて答えました。

ライプさんは、太い腕《うで》をハイジに回して、自分のエプロンのほうへぐいっと引き寄《よ》せました。エプロンは、かすかにブタのにおいがしました。

「かわいそうに。つける薬をあげようね。ブタの脂《あぶら》にハコベやなんかの薬草をまぜた薬だよ。あたしがおばあちゃんから教わった薬だけどさ、おばあちゃんはまたそのお母さんから教わったのさ。だから、とってもきくいい薬なんだよ。そんな傷《きず》はあっという間に消えちまうから、ブタが脂《あぶら》を返せと追いかけてくるかもしれないよ」と、ライプさんは言いました。

「ありがとうございます」

そう言うと、ようやくエプロンから放してもらえましたが、ハイジは薬では治らないのを知っていました。もしあざを消す方法があるとすれば、とっくにデュフィが手を打ってくれたはずなのです。

けれども、ライプさんでさえ、あつかましく何でもかんでも質問《しつもん》するようなことはありませんでした。この家の手配をしてくれた人から、ゲルバー先生とハイジが重要な人物だと聞いていたからです。二人が着ているもの、二人が食べるもの、配給カードを必要としないこと、護衛《ごえい》がついていること、毎月第二月曜日には食料が届《とど》くことなどが、そのじゅうぶんな証拠《しょうこ》でした。

ライプさんは、質問《しつもん》はひかえていても、おしゃべりは好きでした。

「ほら、池でカエルが鳴いてるよ」

ライプさんは、太い指で包丁の柄《え》をしっかりにぎりながら、そう言いました。分厚《ぶあつ》いベーコンを切っているところです。ハイジはスープに入れるジャガイモの皮をむいていました。（ハイジは、ベーコンを食べるのははじめてでした。デュフィは、みんなが肉を食べるのをきらっていたからです。でも、ここでは肉を食べるのでした。）

「夜あんなふうにカエルが鳴くときは、朝になると雨がふるのさ」

「あの池には魚がいるの？」ハイジはたずねました。

今では、ハイジもキッチンに入るのを許《ゆる》されて、よくライプさんのお手伝いをしていました。ベッドをつくったり、そうじをしたりするのも手伝っていました。

「カエルだけさ」と、ライプさんが言いました。

ライプさんには子どもが五人いました。いちばん上はリスルです。「ああ、あの子のときは難産《なんざん》だったよ」とライプさんは言いました。……でも、聞いている のが幼《おさな》い子だということを思い出したらしく、それ以上は言いませんでした。その下はフランツ、ヨーゼフ、ヘルムートにエルナです。

そのほかに、農場で働く孫息子《まごむすこ》が二人、それからまだ幼《おさな》すぎて役には立たない孫がもう二人います。

「ああ、手はいくらあっても足りないよ」

ライプさんは首をふりながら、そう言いました。あごについた贅肉《ぜいにく》がぷるぷるふるえましたが、メタルみたいなカールはゆれもしませんでした。

「力仕事をこなせるたくましい男たちは入隊しちまって、年寄《としよ》りと子どもしか残ってないんだよ」

ライプさんの説明によると、農場がもっと大きかったら息子《むすこ》たちは入隊を先にのばすことができたそうです。そして、ナチスの兵隊さんたちのための食料を育てることによって総統《そうとう》の役に立つことができたのだそうです。

「もちろん、あの子たちは誇《ほこ》りをもって戦ってるけどね」ライプさんはハイジを横目で見ると、急いでつけ加えました。「みんな、それぞれできることをやらなくちゃね」

ハイジは、ライプさんが裏口《うらぐち》のドアのそばにかけてある自分のコートのポケットに、ときどき小麦粉やお砂糖《さとう》を少しずつつっこむのに気づいていました。でも、ハイジは何も言いませんでした。ハイジとゲルバー先生が食べる分は、たっぷりすぎるほどあったからです。それに、雌牛《めうし》やヤギやブタを飼《か》っている田舎《いなか》でも、ほとんどの人がおなかをすかせているのを、ライプさんから聞いてハイジは知っていました。

ライプさんは、残り物をニワトリにやると言って、そして食器を洗《あら》った水をブタにやると言って、持って帰りました。

「捨《す》てるんじゃもったいないからね」

ライプさんは、つぎの日のお昼ごはんにまだじゅうぶん食べられそうなソーセージの残りを「ニワトリ用の入れ物」に投げこみながら、もっともらしく言いました。

「うちでも、ニワトリを飼《か》っていいですか？」ハイジはゲルバー先生にきいてみました。

ゲルバー先生は首を横にふりながら答えました。

「ニワトリは不潔《ふけつ》です。それに、ここで食べる卵《たまご》は、ライプさんが売ってくれますからね」

キッチンでライプさんと過《す》ごすのは、おかしな体験でした。こんなふうになんでもハイジに話しかける人は、はじめてだったのです。もしかするとライプさんは話しかけているのではなくて、口を閉《と》じていると落ちつかないからしゃべっているのではないか、とさえ、ハイジは、思っていました。

家に帰る道でもしゃべっているのでしょうか？　ひょっとすると、ホシムクドリやツグミやクロウタドリにも話しかけているのかもしれません。でも、ライプさんのおしゃべりを聞くのはおもしろかったのです。だれも話してくれなかったことを、ハイジはいっぱい教えてもらいました。

「……鍛冶屋《かじや》は、雌牛《めうし》にも蹄鉄《ていてつ》をはかせるんだ――そうさ、雌牛《めうし》だって働くんなら、馬と同じで蹄鉄《ていてつ》がいるんだよ。大鎌《おおがま》をといだりもするよ……えっ、鍛冶屋《かじや》を一度も見たことがないのかい？　だけど、子どもはみんな学校が終わると鍛冶場《かじば》をのぞきにいくじゃないか。トッテン、カッテン音はするし、火はゴウゴウ燃《も》えてるし……だったら、きょうの昼すぎにでも、行ってみたらいいよ……えーと、いや、それはまずいかもしれないね」ライプさんは、ほうきではきながら、思いなおしたように言いました。

ある日、ライプさんは、厚《あつ》い大理石の板の上でパン生地《きじ》をこねながら言いました。

「いいブタをつくるのは、脂肪《しぼう》なんだよ。脂肪《しぼう》ってのは、風味をよくするだけじゃなくて、肉をいい状態《じょうたい》に保《たも》つ役目もしてるのさ。脂肪《しぼう》のないソーセージはまずい。おまけに、パサつくし、腐《くさ》るのも早い。でもね、何を食べさせても脂肪《しぼう》がつくってもんじゃないのさ。脂肪《しぼう》を生み出すのは脂肪《しぼう》なんだ。ここが大事なとこさね。トウモロコシはいいよ。トウモロコシは脂肪《しぼう》と同じ黄色だからね」

「ところで、秘密《ひみつ》を知りたいかい？」ライプさんは、赤くなった手でパン生地《きじ》をたたきながら言いました。「うちの雌牛《めうし》たちが、子牛を一頭も死なせてないのは、どうしてか、知りたいかい？　一頭たりとも死んじゃいないんだよ！」

「教えて」と、ハイジは言いました。

もっとも、このころには、何も言わなくてもライプさんがつづきを話しはじめるのはわかっていたのですが。

「そのカギはビールにあるのさ！」ライプさんは、パン生地《きじ》をもう一度ぐいっとこねると、勝ち誇《ほこ》ったように言いました。「子牛を生んだ雌牛《めうし》には、ビールをたっぷり飲ませる。そうすると、ミルクの出もよくなるし、雌牛《めうし》のきげんもよくなるからね。えっ、わかるかい？　だから子牛のめんどうもよくみるようになるのさ。バケツいっぱいのビール、これがカギなんだよ……」

ある日、ライプさんはぼうしと手袋《てぶくろ》をはずし、コートをドアのそばの掛《か》け釘《くぎ》にかけると、にっこりしながら言いました。

「あんたにプレゼントを持ってきたよ。コートのポケットを見てごらん」

ハイジはポケットをのぞきこみました。奥《おく》のほうに何かあります。小さくて、あったかいものです。

「ウサギね！」ハイジは、だきあげながら言いました。

やわらかな白と黒の毛をしたウサギは、鼻をぴくぴく動かしていました。

「それは雌《めす》だよ。大きくなったら、うちの雄《おす》とかけあわせるといい。そうすりゃ、ウサギがどんどんふえる。そうしたら、ウサギパイのつくり方も教えてあげるよ」

ライプさんがにこにこしながら言いました。

「このひげ見て！　ありがとう、ライプさん！」ハイジは大喜びでさけびました。

「あんたはいい子だからね」ライプさんは言いました。

いい子という意味は、ハイジにもわかっていました。それは、ハイジが礼儀《れいぎ》正しいからでも、ベッドづくりを手伝うからでもなくて、ライプさんのポケットの秘密《ひみつ》をだれにも言わないからなのです。

ハイジはライプさんを朝のうち手伝い、最近は午後もよく手伝っていました。

ゲルバー先生は、三つ目の寝室《しんしつ》に勉強で使う本をみんなそろえていましたが、以前の教育熱はもうさめてしまったようでした。

デュフィの本さえ、読みなさいとは言わなくなっていました。先生は実家から来た手紙を何度も何度も読み返していましたし、先生が泣いているのをハイジも何度か目にしました。でも、どうして泣いているのか、もう先生はわけを話してはくれませんでした。

ゲルバー先生は、あいかわらず散歩が好きで、一日に一回はハイジと散歩に出ていました。でも、道を歩くのではありません。「だれかがわたしたちを見たら、いろいろきくかもしれませんからね」と、ゲルバー先生は言うのです。かわりに、二人は野原や牧草地を歩きました。

その野原や牧草地は、ハイジたちが住んでいる家のものでした。いまはライプさんのだんなさんが、めんどうを見ているのです。ふたりは、ライプ家の牧場も歩きました。そこから遠くないところには森があります。一度は一頭のシカが、森のはずれで上品に草を食べているのを見かけました。もう一度は「ノブタ」とも呼《よ》ばれるイノシシを見かけました。

ノブタは、ライプさんが飼《か》っているブタにはちっとも似《に》ていませんでした。黒い毛がいっぱい生《は》えていて、肩幅《かたはば》の広いわりには背中《せなか》が小さくて、鼻面《はなづら》も曲がっていました。そいつは、二人の方を小さな目でじっと見ていましたが、やがて逃《に》げていってしまいました。

ハイジは、ゲルバー先生に、どうしてノブタはライプさんのブタとあんなにちがうのか、とたずねましたが、先生はよくわからないのか、「そういうものなんですよ」と言うだけでした。

秋になると、野原には野生のキノコが顔を出し、黄色いチョウみたいに木の葉が散って、ハイジのくつにもはりつきました。ライプさんは、キノコのオムレツをつくってくれましたが、これは特別なごちそうでした。田舎《いなか》でも、もう卵《たまご》はなかなか手に入らなくなっていたのです。

ときには、町の女の人たちがやってきて、クッションや上等なおなべを卵《たまご》一個《こ》と交換《こうかん》しようとしました。宝石《ほうせき》をハムと交換《こうかん》してほしいと言う人さえいました。

ライプさんは、町の女の人たちについていろいろなことをハイジにしゃべりましたが、自分が物々交換《ぶつぶつこうかん》に応《おう》じているかどうかは話しませんでした。食べ物を何かと交換《こうかん》するのは法律《ほうりつ》で禁止《きんし》されていたからです。食料はすべて配給に回さなくてはいけないことになっていました。でもハイジは、ライプさんが交換《こうかん》に応《おう》じているのではないかと思っていました。だんなさんにさえ、内緒《ないしょ》にしているのかもしれません。

ある日、ハイジとゲルバー先生が野原を散歩していると、飛行機が飛んできました。あまりに低いところを飛んできたので、パイロットの顔までわかるくらいでした。もっとも、顔の大部分はヘルメットに隠《かく》れていたので、茶色のヘルメットの下にある白いあごと口が見えただけでしたが。

パイロットがすぐそこに見えたので、ハイジは手をふりたくなりました。もし「こんにちは」と言ったら、エンジンがカタカタ音を立てていても、ハイジの声はパイロットに届《とど》いたかもしれません。でも、そのパイロットは敵《てき》なのでした。それに、たとえそれがドイツ軍のパイロットだとしても、手をふったりすれば、ゲルバー先生がいい顔をしなかったでしょう。

◆
◇

第8章

すぐれた人種？

バスは、水たまりのあいだをよろよろ進んでいき、ようやく舗装《ほそう》道路に出た。もう泥《どろ》や水をはねかすこともない。

「あのどえらい市長さんに、毎日二回、このどえらい道路を運転してもらいたいもんだよ」

だれにともなく、運転手のラターさんがつぶやいた。それから大きな白いハンカチを出して、やけに勢《いきお》いよく鼻をかんだ。

「きっと市長さんの家の前には、舗装《ほそう》道路が通ってるんだろうよ。その点はぬかりないさ。でも、ここらの住民のためになんかするって段《だん》になると……」

だれも、何も言わなかった。へたに相づちを打とうものなら、ラターさんにつかまって、学校につくまで相手をしなくちゃいけなくなる。

ラターさん（きょうはオレンジと赤のぼうしをかぶっていた）の気分が静まるのを待ってから、マークはアンナの肩《かた》をつついた。

「ねえ」

アンナは読んでいた本から顔をあげ、ふりむいた。

「えっ、なに？」

「ヒットラーがユダヤ人をひどい目にあわせてたのは知ってるだろ？　すぐれた人種とか、劣《おと》った人種とか言ってたんだよね？」

「そうよ」アンナが答えた。

「それって、少しは当たっているのかな？」

「当たっているわけないでしょ」アンナがマークをにらむように見て、言い返した。

「ユダヤ人のことじゃなくてさ」マークはいそいで言った。「それはだれでも間違《まちが》いだったって知ってるもん。でもさ、こっちの人たちのほうが、あっちの人たちより優《ゆう》秀《しゅう》だなんていうことが、ほんとにあるのかな？……言ってる意味、わかる？」

おちびのトレーシーがふりむいて、大きな声でじまんした。

「あたし、スペリングは得意なんだよ。リトルフィールド先生は、あたしがいちばん優秀《ゆうしゅう》だって言ってる。クラスのだれにだって勝てるもんね。たぶんあたし……」

「そういう意味じゃないんだよ」マークがさえぎった。

アンナがまゆをひそめながら言った。

「どこかの人々とか国とか民族とか宗教《しゅうきょう》とかが、最初からほかよりすぐれてるかどうかってこと？」

「そうそう。そのことだよ」

「さあ、どうかな。アイルランド人についてのジョークみたいなもんじゃないかしら。アイルランド人はまぬけだってみんな言うけど、ほんとはちがうってことも、みんな知ってるでしょ」

「ぼくの大おじいさんは、アイルランド人だったよ」マークが言った。

「あたしのほうも、ひとりはそうよ」アンナが言った。

「あたしのおじいちゃんは、ユーゴスラビアから来たの」座席《ざせき》にすわったまま体を上下させながら、おちびのトレーシーが言った。「おじいちゃんはね……」

マークは、それに負けないような声でどなった。

「ベンのお父さんは、アジア人はみんな犯罪者《はんざいしゃ》だって言うんだよ。でも、そんなの正しいはずないよね？　つまりさ、どうやったらほんとのことがわかるんだろう？」

「ベンのお父さんは、ちょっとした人種差別主義者《しゅぎしゃ》で、脳《のう》みそのかわりにウジ虫が入ってるのさ」

そう言いながらラターさんが、舗装《ほそう》のくぼみをよけるため必要以上に大きくハンドルを切ったため、子どもたちは座席《ざせき》のへりをぎゅっとつかんだ。

「あたしがそう言ってたって、あいつに言いつけたっていいよ。言いつけなくても、直接《ちょくせつ》何度も言ってやってるから、あいつは知ってるけどね。このあいだもパブで会ったときに……」

「どうして……」と、マークは言いかけてやめた。これ以上ラターさんを興奮《こうふん》させても始まらない。

「どうしてだって？　どうしてか教えてやるよ！　統計《とうけい》の数字を見さえすりゃいいのに、だれもそんなことしないからさ。それどころか、テレビでインチキなやつがとんでもないこと言ってるのを真に受けて、それをありがたい福音《ふくいん》みたいに受け取ってるのさ。それがほんとかどうかなんて、気にしてもいない。だれも、自分の頭で考えようとはしない。そこが問題なんだよ。証拠《しょうこ》があっても見やしない。もしも頭の弱いやつが……ちょっとあんたっ、道路の自分側を走りなよ。この、ぼんくら！」ラターさんは、小型トラックで走ってきたジョニー・トランターに向かってどなった。

「統計《とうけい》からどんなことがわかるんですか、ラターさん」アンナがなだめるように、そうきいた。

「アジア人は、ほかの人たちより犯罪率《はんざいりつ》が低いってことさ。統計《とうけい》にはそう出てる」ラターさんは勝ち誇《ほこ》ったように言った。「うそだと思うんなら、自分で見てごらん。オーストラリアで指名手配された極悪人《ごくあくにん》ベストテンを見てごらんよ。肌《はだ》の色が濃《こ》い人なんかひとりもいやしない。みんな白人の、どうしようもないやつらばかりだ……」

マークはためらっていた。ふつうのときなら、ラターさんに質問《しつもん》しようなんて、思いもしない。でも、いまはだれがなんと言おうと、言わなかろうと、ラターさんのおしゃべりはとまりそうもなかったし、それにもしかしたら興味深《きょうみぶか》いことを言ってくれるかもしれなかった。

「ラターさん」マークは口をはさむことにした。

「……それに、あのテレビに出てる嫌《いや》みな男だけどさ、もしもこのバスに乗ってきたら、言ってやることがあるよ……」

そんな有名人がこのスクールバスに乗ってくるわけないじゃないか、とマークは思いながら、もう一度きいた。

「ラターさん、最初からほかの人たちよりすぐれてる人種とか、劣《おと》ってる人種って、いるんですか?」

「そりゃ、いるよ」ラターさんは、道路の真ん中にバスをもどしながら、陽気な声で言った。

「ほんとですか?」マークはおどろいた。

ラターさんならきっと「そんなことないよ。みんな同じにきまってるじゃないか」と言って、また長々と演説《えんぜつ》をするだろう、と思っていたからだ。

「どんな人種ですか?」

「男だよ」ラターさんは、満足げに言った。「男ってのは、最低の人種だよ」

「でも、男っていうのは人種じゃないし……」

「だったら、なんなんだい? たいていの犯罪者《はんざいしゃ》は男だし、ほとんどの交通事故《じこ》は男が起こすんだ」

ラターさんは指を折って男の罪《つみ》を数えはじめ、バスはまた大ゆれにゆれた。

「変なことをきくから、とんでもないことになっちゃったじゃない」アンナがマークにつぶやいた。

「戦争を始めるのも、たいていは男だし、殺し合うのも男だ。刑務所《けいむしょ》に入ってるのもほとんどは男だしね。統計《とうけい》を見ればすぐわかることさ！」ラターさんはしゃべりつづけた。

「あたしが何を考えてるかわかるかい？」

この質問《しつもん》にはだれも答えなかったので、ラターさんは自分で答えた。

「男は、社会をこわすことが多いんだから、税金《ぜいきん》も高くするべきなんだよ。女は生まれつきやさしいし、もっと協力的だからね……速く走れってば！　のろまだね！」ラターさんは、バスのスピードを落としてハノンさんの乗用車にせまりながらどなった。

ラターさんは、のっぽのトレーシーを乗せるためにバスが停《と》まったときも、まだしゃべりつづけていた。マークはため息をつき、算数の宿題をひらいた。

第9章

マークの疑問《ぎもん》

マークがドアからのぞくと、マクドナルド先生は机《つくえ》に向かって宿題の採点《さいてん》をしていた。

「マーク、どうした？」先生がたずねた。

「あの……ちょっとききたいことがあって」

マクドナルド先生はちょっと困《こま》ってるみたいだ、とマークは思った。このところマークは母さんや父さんが答えられないようなことをたくさん質問《しつもん》していた……たとえば「神様はどれくらい速く自転車をこぐことができるのか？」とか、「生命はどんなふうに始まったのか？」なんていう質問《しつもん》だ。でも、先生は採点簿《さいてんぼ》を横にどけて、マークに言った。

「いいよ。何でも言ってごらん」

「知りたいことがあったんです……」マークはゆっくりと始めた。「ばかばかしいかもしれないけど、子どもはみんな、親みたいになっちゃうのかなって考えてたんです」

マクドナルド先生はむずかしい顔をして言った。

「どういう意味か、よくわからないな」

「あの、たとえば、だれかのお父さんがすごく悪いことをしたとしたら……たとえば、ヒットラーとか*ポル・ポトみたいにですけど……その子どもも悪くなるんですか？」

マクドナルド先生は、ほっとしたような顔をした。もっと答えにくいことをきかれるかと心配していたのかもしれない。

「いい質問《しつもん》だね、マーク。そういう子どもたちでも、悪い人にはたぶんならないんじゃないかな。歴史をみても、ほんとうに悪いことをした人たちの子どもが、親と同じくらい悪いことをした例は、ちょっと思いつかないしな。実際《じっさい》、その逆《ぎゃく》になる場合もあるんだよ。悪い人たちが善良《ぜんりょう》な子どもをもち、いい人たちが悪い子どもをもつ場合も多いんだ」

「でも、子どもは親に似《に》るんでしょう？」

「似《に》るところもあるし、ちがうところもある」と、マクドナルド先生は言った。「子どもは、同じような気質《きしつ》を親から受け継《つ》ぐことも多い。それに、同じような才能《さいのう》もね。たとえば音楽の才能《さいのう》とか、絵を描《か》く才能《さいのう》なんかがそうだ。しかし、画家の子どもが同じような才能《さいのう》を受け継《つ》いでいても、建築家《けんちくか》になることだってある。こんなふうに言えば、いちばんわかりやすいかもしれないな。子どもは親から才能《さいのう》を受け継《つ》ぐけれど、その才能《さいのう》をどう使うかは、子どもが自分で決めることなんだ。そして、多くの場合、子どもは親が考えもしなかったことをするんだ」

「だったら……だったら、たとえばポル・ポトの子どもでも、いっぱい人を殺したりするようにはならないってことですか？」

「ポル・ポトに子どもがいたかどうか、わたしは知らないな」マクドナルド先生は言った。

「でも、もしいたとしたら？」

マクドナルド先生はちょっとためらってから答えた。

「さあ、もしその子たちがクメール・ルージュ――ポル・ポト軍のことだね――に入っていたとすれば、父親と同じようなことをしたかもしれないな。でも、別のところで育っていれば、たぶんそうはならないだろう」

マクドナルド先生はマークをじっと見てから、つけくわえた。

「どうしてこんな質問《しつもん》をするのかな？」

「ちょっと知りたかっただけです」マークは言った。

「きみのうちで何か困《こま》った問題をかかえてるっていうわけじゃないよね？」先生は言

葉を選んでたずねた。

とつぜんマークは、先生の質問《しつもん》の意味を察して、言った。

「いえ、問題はなんにもないです。父さんのことや家族のことを心配してるわけじゃないんです」

マークはわらいだしそうになった。父さんが何かとても間違《まちが》ったことや悪いことをしでかして、マークがそれを心配してるんじゃないかと、先生はふと思ったのだ。

マークはあわてて考えて、思いついたことを言った。

「テレビでポル・ポトのことをやってたから、もし息子《むすこ》がいたら、どんな息子《むすこ》なのかって思っただけです」

「コックさんになったかもしれないよ……銀行家かもしれないがな……でも、もし父親がやったことを知ったら、うしろめたい思いをしたり、困《こま》ったりしたんじゃないかな」

「だけど、その子の責任《せきにん》じゃないですよね？　お父さんがいっぱい人を殺しても、責《せき》任《にん》はその子にはないんですよね？」

「ない」マクドナルド先生はゆっくりと言った。「その子には責任《せきにん》はまったくない。

その子が父親と同じように思っていたとすれば、話はべつだけどな。そして、もしその子が、父親が悪いことをしたという事実を認《みと》めようとしないとすれば、それは誤《あやま》りだ。過去《かこ》にあった間違《まちが》いをちゃんと見つめないかぎり、人間は同じような間違《まちが》いをくりかえしてしまうからだ」

「マクドナルド先生……」

マークはもう一つききたいことがあったのだが、先生はそろそろ切り上げたいと思っているみたいだった。

「なんだね、マーク？」

「ヒットラーやポル・ポトは、あれだけ大量虐殺《たいりょうぎゃくさつ》なんかしたのに、自分たちは正しいことをしてると思ってたんですか？」

マクドナルド先生は、困《こま》っているみたいだったが、ようやく答えた。

「わからないな。人間は、正しいと思いこんで悪いことをしてしまうこともある。でも、ヒットラーやポル・ポトとなると……わたしにはわからない。もしかすると、よいことをしていると思いこんでいたのかもしれないいな」

「だけど、自分がほんとうに正しいことをしているかどうかは、どうやったらわかるんですか？」マークは、さけぶようにしてきいた。

先生は肩《かた》をすくめた。

「その質問《しつもん》にも、わたしは答えられないな」

ちょっとお手上げという顔だった。

「考えてみないとな。お父さんかお母さんにきいてみたらどうだい？　あるいはつぎの日曜日にスティーブン神父にきいてもいい……きみの質問《しつもん》にちゃんと答えられなくて、すまないな。さてと、わたしはベルが鳴る前に、昼めしを食べにいかないと。質《しつ》問《もん》は、そんなところでいいかな？」

「はい、もういいです。ありがとうございました」

先生は、とにかく答えてくれようとしたのだ。


でも頭の中の疑問《ぎもん》は、午後になってもずっとマークを悩《なや》ませていた。

人は、正しいと思ったことをするべきだ。でも、正しいと思ったことが間違《まちが》っていたら、どうなのだろう？

みんながしてることをやればいい、というのは、答えにならない。ヒットラーがやったことから一つわかるのは、国じゅうの大多数の人が間違《まちが》っていたということだからだ。

当時の人たちは、ものごとをちゃんと考えていたのだろうか？　証拠《しょうこ》を調べたり、ラターさんがいつも言ってるみたいに統計《とうけい》やなんかを見たりしたのだろうか？　それとも、ただ信じてしまったのだろうか？　それも、信じたかったから、という理由で。

「マーク、聞いてるのか？」マクドナルド先生が言った。

「えっ……はい」マークは答えた。

「だったら、それらしくしなさい。ちゃんとワークブックを開いて……」

マークはワークブックを開きながら、どこかに答えがあるはずだ、と考えていた。答えのわかる人がどこかにいるはずだ。

＊訳注《やくちゅう》
ポル・ポト＝カンボジアの政治家。一九七六年首相《しゅしょう》になり、大量虐殺《たいりょうぎゃくさつ》を行った。

第10章

かっこいい？

その日の下校バスは、これまでにないほどゆっくり走っているように思えた。運転手のラターさんも、朝の演説《えんぜつ》でエネルギーを使い果たしてしまったというみたいに、静かだった。ぼうしの下の白髪《しらが》も、心なしかくたっとしている。

バスは町の中を走っていき、町はずれで二人の生徒をおろし、それから角を曲がってワラビー・クリークに向かった。

マークは、灰色《はいいろ》の空と前方に広がる雨にぬれた牧場をながめた。フィーハンの湿地《しっち》は鏡のように、葉を落としたヤナギや寒そうな雌牛《めうし》たちを映《うつ》して、にぶい銀色に光っている。舗装《ほそう》道路さえ、いつもより黒っぽく見えていた。

もう雨にはうんざりだ。サイクロンとか竜巻《たつまき》みたいな暴風雨《ぼうふうう》のほうがまだいい。でもこの雨は、まるでつぎの場所へ移《うつ》るのがめんどうくさいとでもいうように、ずっといすわっている。それに、もうちゃんとした雨とさえいえなくなっていた。霧雨《きりさめ》といえばいいのだろうか。冷たくて、寒々しくて、うんざりする。

「ねえ、ゆうべ七六ページの問題やった？」となりにすわっていたボンゾがきいた。

「まあね」マークは言った。

「おれ、母さんにきいたんだけど、ぜんぜん役に立たなかったよ。親って、学校でなんにも習ってこなかったのかな？　どんな問題でも正しい答えが出せたことないんだぜ」

「ふーん」マークは相づちを打った。

ボンゾは、マークの顔をのぞきこんだ。

「おい、おまえ、だいじょうぶかよ？」

「なんで？」

マークはすわりなおした。考えすぎるのが、きっとよくないんだな、とマークは自分で思った。

「こんどの土・日は何する予定？」ボンゾがたずねた。

マークは目をぱちくりさせた。きょうが金曜日だということも忘《わす》れていた。だとすると、明日の朝は、「あの話」が聞けないということだ。月曜日までお預《あず》けになる。

ボンゾが、ひじでつついた。

「わかんないよ」マークは言った。

もしかしたら土曜日に三人で集まって話のつづきを聞くなんてことができるかもしれない。でも、みんなには変だと思われるだろう。マークとアンナは、幼《おさな》いときに遊んだことはあるけれど、今はいっしょに休日を過《す》ごすなんてことはないからだ。それにおちびのトレーシーもってことになると……。

「サイクリングしないか？　うちの父さんが町に行くとき、おれらの自転車を軽トラックのうしろにのせてくれるからさ。町からうちまで自転車で帰ってくればいいんだ」と、ボンゾが言った。

マークは肩《かた》をすくめて言った。

「いいよ。雨がやんだらね」

ボンゾは窓《まど》の外をながめながら言った。

「雨がふると、たいくつしちゃうよな」

「ボンゾ……」マークがとつぜん言った。

「うん？」ボンゾは、まだ窓《まど》の外の雨を見ていた。

「もしかして、だれかがこのあたりに……軍隊みたいなものをつくろうとしたら、どうする？」

「おれたち子どもも、侵入《しんにゅう》してくるインベーダーをやっつけるために、ライフルやなんか持って訓練するってこと？　かっこいいじゃん」

「でも……でもインベーダーじゃなかったら？　それに、ヒットラーが突撃隊《とつげきたい》をつくったみたいに、軍隊をつくるのが政治家《せいじか》で、そいつがきらってるやつらを、ぼくたちにやっつけさせようとしてるんだったら？……」マークは、それ以上どう言ったらいいのかわからなくなった。

「たとえばどういうやつら？　それでもおれはかっこいいと思うけどな。もしかしたらニュージーランドが攻《せ》めてくるかもしれないし……じゃなかったら、ＵＦＯとか……で、おれたちみんなでかっこいい制服《せいふく》を着て戦うんだろ。テレビでやってるみたいに、待《ま》ち伏《ぶ》せしたりしてさ……」ボンゾが言った。

「そういうんじゃなくてさ」と、マークは言いかけてやめた。

アンナならわかってくれるはずなのに、とマークは思い、前の席にすわっているアンナのほうに目をやった。アンナはほんとうにいろいろなことを考えている。だから、アンナをつついて『ねえ、明日トレーシーといっしょに、うちに来ない？　で、あの話を最後まで聞かせてよ』と言えばいいことなのかもしれない。

でも、なんとなくきまりが悪くて言い出せなかった。マークにはその勇気がなかった。

第11章

向こう岸のヒットラー

大水が出て、ぬれたくつ下みたいな、いやなにおいがした。

キッチンにもそのにおいが立ちこめて、ゆうべのピザより強くにおっていた。

マークは、キッチンのドアを閉《し》めた。お父さんが給水ポンプはまだだいじょうぶか見に行ったとき、閉《し》め忘《わす》れたのだろう。マークがテーブルにつくと、うしろにあるラジオから、ニュースの始まりをつげる音楽が流れてきた。さっきお父さんが天気予報《よほう》を聞いていて、そのままつけっぱなしなのだ……。

「……大量虐殺《たいりょうぎゃくさつ》はまだつづいているもようです。目撃者《もくげきしゃ》の証言《しょうげん》からすると、死者の数は数千人にのぼるのではないかと推測《すいそく》されます。その数はこれからまだ増《ふ》えると思われますが、政府軍《せいふぐん》は……」

マークは目をしばたたいた。一瞬《いっしゅん》、自分が一九三〇年代にいて、ラジオがヒットラーによる虐殺《ぎゃくさつ》を伝えているのではないかと思った。

でも、これは「今の」ことなのだ。人々は、今も、殺されつづけている。こういうニュースは、もちろんこれまでにも聞いたことはあったが、現実《げんじつ》のできごとという実感がなかった……それに、これまでは、ちゃんと考えたこともなかったのだ。

ラジオのアナウンサーは、つぎのニュースに移《うつ》り、こんどは土地の権利《けんり》についてしゃべっていた……。

お父さんがぬれたくつをぬいでキッチンに入ってくると、ラジオを消して陽気な声できいた。

「さてと、朝めしを食べたい人？　おれは腹《はら》ぺこだぞ！」

土曜日の朝は、いつもお父さんがベーコンエッグをつくる。お父さんが朝ごはんをつくるのは土曜日だけで、家族がベーコンエッグを食べるのも土曜日だけだ。ときにはおまけにソーセージが一本ずつと、ベイクドビーンズがついていることもある。お母さんはコレステロール料理と呼《よ》んでいるが、お母さんだって土曜日の朝ごはんは気に入っているのだ。

お父さんがお皿をテーブルにおいて、腰《こし》をおろした。そして、ベーコンにチリソースをかけながらまたきいた。

「町で買ってきてもらいたいものがある人？　きょうは、ディーゼル油を買いにいくからな」

お母さんが首を横にふりながら言った。

「木曜日に買い物しちゃったのよ……そうね、焼きたてのパンぐらいかしら。それとミルク。そうそう、シャンプーももうほとんどないわ……やっぱり買い物リストをつくるわね」

「父さん……」マークがふいに言った。

「むむ」お父さんが、卵《たまご》にコショウをふりながら、仕方なさそうに返事をした。

「いまでも、皆殺《みなごろ》しにされてる人たちがいるの？」

お父さんは、食べたものをのどにつまらせた。

「いまでも、なんだって？」

「人がいっぱい殺されてるのかってこと。ヒットラーのときのユダヤ人みたいにさ」

お父さんはコーヒーをゴクゴク飲んだ。

「そんなこと、あるわけないだろう」

「でもニュースでは、アフリカのどっかの場所で人がいっぱい殺されてるって言ってたよ……」

お父さんは肩《かた》をすくめた。

「ああ、そのことか。それはどうなってるのか、父さんもあんまり知らないんだ」

マークはちょっとのあいだ朝ごはんを食べつづけ、それからまたきいた。

「父さん……」

「こんどはなんだ？」

「大おじいさんは、この農場をどうやって手に入れたの？」

「なんだって？　そりゃあ買ったのさ」

お父さんは、そう言いながらマスタードに手をのばし、ソーセージにつけた。

「アボリジニー*の人たちから盗《ぬす》みとったんじゃないよね？」

お父さんは、けわしい顔でマークを見た。

「もちろんちがう。そのころは、どっちにしても今とはちがったんだ。だれも、それが盗《ぬす》みとは思っていなかった」

「マーク、卵《たまご》がさめちゃうわよ」お母さんが言った。

マークは卵《たまご》を一口食べてから言った。

「もし大おじいさんがアボリジニーの人たちから土地をとってたとしても……もしもってことだけどさ。それが、ぼくたちの責任《せきにん》ってことにはならないんでしょ？」

「だれがそんな考えをおまえに吹《ふ》きこんだんだ？」と、お父さんがきいた。

お父さんは、マークがこれまで見たこともないような、むっとした顔をしていた。

「ニュースで言ってたんだよ」と、マークが答えた。

お父さんは、ソーセージを乱暴《らんぼう》につつきながら言った。

「最近の子どもは、とんでもないことを教わってるようだな。他人の問題に首をつっこむなってことを教えたほうが、よっぽどましなのにな。いい人ぶって関係ないことにまで口を出すやつが多くて困《こま》るよ」

「でも、父さん……」

「マーク、もうよさないか」

「でも、なんでも意見の合わないことがあったら話し合おうって、父さん言ったじゃないか。そうでしょ……」

「マーク、いいかげんにしなさい」お母さんが急いで口をはさんだ。「わかった!?」

マークは、おしだまったまま卵《たまご》を食べた。

土曜日の夜には、雨がやんだ。空いちめんを灰色《はいいろ》にふさいでいた雲がちぎれ、日曜日の朝になると小さなキノコみたいにぷかぷかうかんでいた。木々の葉っぱが、小さなダイヤモンドでものせたみたいにきらきら光っている。まだ縁《ふち》があわだってい るクリークの水かさも、心なしか減《へ》ってきているようだった。

でも日曜日の夜から、また雨がふり出した。

屋根をたたく雨の音を聞いてうんざりしながら、日曜日が晴れてただけまだいいや、とマークは思った。ポタン、ポタン、ポタンとひさしから落ちる雨《あま》だれを聞いている うちに、いつしかマークはうとうとしていた。

マークは、クリークと、岩をのりこえるようにして押《お》し寄《よ》せてくる大水の夢《ゆめ》を見ていた。そのクリークの向こう岸には、ヒットラーがいた。ヒットラーはジーンズをはいて、今風の髪型《かみがた》をしていたが、鼻の下には、粘着《ねんちゃく》テープで貼《は》りつけたみたいなちょびひげを生《は》やしていた。

ヒットラーは演説《えんぜつ》していた。するとつぜんマークがいるほうの川岸が人でいっぱいになり、みんな演説《えんぜつ》を聞いて拍手《はくしゅ》かっさいするのだった。

「あっち行け！　こんな演説《えんぜつ》、くだらないよ！　ばかなこと言ってるって、わからないの？」マークはどなった。

でも、どなっているつもりなのに声が出てこなかった。

バイクに乗ったベンは、腕《うで》にカギ十字*をつけていた。ボンゾはナチスの制服《せいふく》を着ていたし、トレーシーまでがヒットラーに敬礼《けいれい》していた。ボンゾはわくわくするようなことが好きなだけだし、ベンは考えたりしない。それにトレーシーは、友だちと同じことをしているのだ……。

「あいつは間違《まちが》ってるんだ！　あいつが間違《まちが》ってるってこと、わからないの！」マークはさけんだ。

けれども、みんなは、興奮《こうふん》して笑ったり、歓声《かんせい》をあげたりしていた。マークの言うことなど、だれも聞いてはいなかった。そしてみんなは水かさが増《ま》したクリークを、向こう岸へわたっていこうとしていた。押《お》し流されちゃうぞ、とマークは思った。それに、この人たち、こんなところに来ちゃいけないんだ。だってこの人たちの農場じゃないんだもの。知らない人がいっぱい入ってきたら、父さんがきっと怒《おこ》るぞ……ラジオからは、アフリカのさっき聞いた場所やヨーロッパやインドネシアで人々が殺されているというニュースが流れてきていた。ヒットラーは、笑って、笑って、笑いつづけていた……。

「あなたたちは、みんなわたしの子どもなのだ」と、ヒットラーはさけんでいた。「だれも心配することはない。だれも疑問《ぎもん》に思わなくていい。あなたたちはみんな、ヒットラーの子どもたちなのだから！」

「うるさいぞ！」マークはまたさけんだ。「ぼくは眠《ねむ》ろうとしてるとこなんだ」

そのとたんマークは目をさましたのか、あるいは半分目をさましたのかしたらしい。ベッドの中にいて、人々のすがたは消えていた。マークは寝返《ねがえ》りをうち、掛《か》けぶとんを頭まですっぽりかぶった。こんどはぐっすり眠《ねむ》った。

朝ごはんのときには、きのうの夢《ゆめ》はほとんど消えかけていた。かすかな名残《なごり》が頭の中にただよっていただけだ。

「母さん？」

「うん？　今朝はミューズリ*にする？　ポリッジ*にする？」

「ポリッジ」マークは言った。「母さん、もしヒットラーがいまもどってきたらさ……」

「まだヒットラーのこと考えてるんじゃないでしょうね」

お母さんが、オート麦をはかってボウルに入れながら言った。ボウルを電子レンジに入れて、ボタンをおす。

「このところヒットラーのことが頭から離《はな》れないみたいね」

マークは、電子レンジの中でボウルがぐるぐる回っているのを見ていた。

「じゃあ、ヒットラーじゃなくてもいいよ。ヒットラーみたいにほんとに悪いやつが、またやってきたら……」

「ああ、マーク、質問《しつもん》はよしてちょうだい。まだ起きたばっかりなのよ！」

「でも母さん、もしほんとに悪いやつを、みんながいいやつだと思っちゃったら、どうなの？　だってドイツ人はみんな、ヒットラーが正しいと思ってたんでしょ？」

お母さんは、ボウルを電子レンジから出すと、かきまぜてからまた入れた。

「ドイツ人のみんながみんな、ヒットラーが正しいと思ってたわけじゃないと思うわ。あのときのドイツは、全体主義《しゅぎ》国家だったのよ」

「どういうこと？」

「ヒットラーは、ラジオや新聞も自分の思いどおりに統制《とうせい》してたの。だから、ヒットラーに反対するようなことは、だれも言えなかったの。もし反対意見を口にしようものなら、強制収容所《きょうせいしゅうようじょ》に送られてしまったのよ」

「みんな抗議《こうぎ》しなかったの？」マークがたずねた。

「どうかしらね。たぶんね……ほら」お母さんはミルクとブラウン・シュガーをマークにわたした。

「母さん……もしヒットラーが、いま権力《けんりょく》をもったとしたら……母さんは抗議《こうぎ》する？」

「もちろんよ」お母さんは、うわのそらで返事した。

「刑務所《けいむしょ》に入れられることになっても?」

「なんですって? いいえ、それはないわね……マーク、わたしは、そんな話には興《きょう》味《み》がないのよ。わかる? さあ、いいから朝ごはんを食べてしまいなさい」

マークは、ボウルのポリッジ全体に均等《きんとう》にかかるように、ブラウン・シュガーをふりかけ、真ん中にはいくつかのかたまりを落として溶《と》けるのを待った。

ひとさじ目を口に入れ、つぎのをフウフウふきながら、マークはなおもたずねた。

「ぼくがききたいのは、もしもみんなが――みんなじゃないにしても、ほとんどの人が、ある人のことを正しいと思ってて、でも自分はその人が間違《まちが》ってると思ったとしたら、どうすればいいのかってことだよ」

お母さんはため息をついた。

「お願いだからこのへんにして、……ポリッジを食べてしまいなさい。いい?」

マークは肩《かた》をすくめ、ポリッジをもうひとさじすくった。お母さんがとりあってくれないなら、これ以上話しても仕方がない。

マークは、質問《しつもん》に答えるのが大好きなお母さんだったら、と考えてみた。いろいろなことを考えるのがほんとうに好きな人がお母さんだったら……。

「それは、ほんとにいい質問《しつもん》だわ、マーク」と、そんなお母さんだったら言うのだろう。「最初はわたしも『自分のことだけ考えてればいい』と思ったけど、そういう態《たい》度《ど》はよくないわね」

「そうなの？」と、想像《そうぞう》の中でマークは言った。

想像《そうぞう》の中のお母さんは、うなずいた。「わたしは、いつもほかのことには目を向けないようにしてきたのね」お母さんは、ゆっくりと言う。「テレビを消して耳をふさいだり、ラターさんみたいな人を煙《けむ》たがったりしてね。ラターさんは、いつも議《ぎ》論《ろん》をふっかけてきたり、署名《しょめい》運動をしたりしてるでしょ。でも……」想像《そうぞう》のお母さんは首を横にふりながらつづけた。

「あのときのドイツの人たちも、わたしみたいな態度《たいど》をとってたんでしょうね？ヒットラーのすることにはきっと反対だったと思うわ。少なくとも、すべてに賛成《さんせい》してたわけじゃない。でも、見たり聞いたりするのを避《さ》けてるうちに事態《じたい》が進んで、気づいたときはもう遅《おそ》かったのよね。みんなが目をつぶっているあいだに、ナチスの思うつぼにはまってしまったのよ」頭の中のお母さんはうなずき、大まじめな顔でマークを見てこう言う。

「あんたがきいてくれたおかげで、いろいろ考えることができたわ」

それからは、想像《そうぞう》の中のお母さんは、いつも欠かさずニュースを聞いたり、デモに行ったり、署名《しょめい》活動を始めたりする。ラターさんみたいに。

でも、それはそれで、なんだか困《こま》ったことになるのかもしれない……。「ラターさんは、たいていの場合、みんなの気持ちを逆《さか》なでするだけだ」って、父さんも言ってるし……。

そして、もしヒットラーのような人が権力《けんりょく》をにぎったら、想像《そうぞう》の中のお母さんは刑《けい》務所《むしょ》に入れられてしまうのだろう。マークは、母さんを刑務所《けいむしょ》に入れたくはなかったし、いつもいつもラターさんみたいにしてればいいと思っているわけでもなかった。

でも、たぶん……もしかしたら……。

「どうしたの？」お母さんが言った……こんどは現実《げんじつ》の母さんだ。「ポリッジが熱すぎた？」

「だいじょうぶ」マークは言った。

お母さんはため息をついた。

「言っとくけど、何かきくなら、忙《いそが》しくないときにしてちょうだい。いい？」

「うん」マークは答えた。

＊訳注《やくちゅう》
アボリジニー＝オーストラリアの先住民。

カギ十字＝ナチスのしるし。

ミューズリ＝麦、くだもの、木の実などにミルクをかけたもの。

ポリッジ＝オート麦でつくるおかゆ。

第12章

ニュース

月曜日になっても、ベンはバス停にすがたを見せなかった。

「きっと、カゼがひどいのね」アンナが言った。

「ベンのママは、雨の日に学校行ってひどくなるといけないから休ませるって、うちのママに言ってたよ。カゼをひくと、気管支炎《きかんしえん》になることもあるんだって。ねえアンナ、早く、早く！」トレーシーが言った。

「早くって？」アンナがたずねた。

「ハイジの話だよ」トレーシーが答えた。

マークはアンナが断《ことわ》るかもしれないと、一瞬《いっしゅん》不安になった。週末のあいだにどんな話か忘《わす》れちゃった、とかなんとか言うかもしれない。

でも、アンナは話しはじめた。週末の中断《ちゅうだん》がなかったみたいに、物語のつづきはすらすらと出てきた。まるで頭の中で映画《えいが》をやっていて、それを見たまま聞いたままに話しているみたいだった。

「ある朝、ライプさんがニュースを持ってきたの」アンナは、低いはっきりした声で言った。「しぼりたてのヤギのミルクといっしょにね。ミルクは、花の絵がついた緑色の陶器《とうき》のつぼに入ってたの」

◇
◆

ライプさんの飼《か》ってる雌《めす》ヤギのうち二ひきからミルクがしぼれたのです。一ぴきはロティという名前で、一ぴきはヒルデガルトという名前でした。ライプさんのふたりの友だちの名前と同じです。ハイジは、ヤギに自分の名前をつけてもらってもうれしいとは思えませんでしたが、そのことをライプさんには言いませんでした。すると、つぎに生まれた子ヤギにはハイジという名前がついてしまいました。

ライプさんは、ゲルバー先生が手紙を書くために二階に行くまで待っていました。先生はこのごろしょっちゅう手紙を書いているようでした。

ライプさんは、ゲルバー先生がうわさ話をきらっているということ、それに、とくにこれから話すつもりのうわさはお気に召《め》さないだろうということを、知っているみたいでした。

「しょっぴかれちゃったんだよ!」ライプさんは、ひびの入った古いコンロに火をおこしながら、小声でささやきました。「ゆうべのことだよ。けさ、リスルがやって来て教えてくれたんだ」

「むすめさんが? なんて言ったんですか? だれがだれに、しょっぴかれたんですか?」ハイジはたずねました。

「ヘンセルさんだよ」わくわくしているみたいな声でした。「水車小屋の向こうに農場を持ってただろ。まさかそんなことになるとは、だれも思ってなかったよ! まさかねえ!」

「まさかって?」

ハイジにはよくわかりませんでした。でもライプさんは、ハイジの質問《しつもん》が聞こえなかったかのように、話をつづけました。

「あの人の姉さんは、町の服地屋に嫁《とつ》いでた」ライプさんは声をひそめ、大きなてかてかした顔をハイジに近づけました。「ユダヤ人の店だよ。その姉さん夫婦《ふうふ》はとっくにすがたを消してたから、みんな、きっと労働キャンプに連れていかれたんだと思ってたのさ。ヘンセルさんも、姉さん夫婦《ふうふ》のことは何も言わなかったしね。だけど、あの人ったら、姉さん夫婦《ふうふ》をずっとかくまってたんだってさ！　二人が労働キャンプに連れていかれないようにってね。でも、だれかがきっと見たんだね。気づいて、役所に届《とど》けたんだよ。ヘンセルさんがしょっぴかれたんだから。姉さん夫婦《ふうふ》ともどもね。ああ、おそろしいことじゃないか！」

そう言いながらも、ライプさんの小さな目は、特ダネをしゃべる喜びにかがやいていました。

「ユダヤ人は、キャンプに行って働くだけなんでしょ？　どうしてヘンセルさんは二人をかくしたりしたの？　キャンプはひどいところなの？」ハイジはたずねました。

ライプさんは、肩《かた》をすくめました。キャンプがどんなところかなんて、ライプさんにとっては、どうでもよかったのです。大事なのは、この村で、自分の知っている人に事件《じけん》が起こったということだったのです。

「このあたりには、ほかにもユダヤ人がいるの？」ハイジはたずねました。

「この村にはもういないさ。でも、戦争になる前は、町にソロモン夫妻《ふさい》が住んでいた。服地屋のね。そりゃ、あたしはあんな店には行かなかった。ユダヤ人の店になんか行ったら、亭主《ていしゅ》に怒《おこ》られるからね。それから、なんて名前だったか、学校の先生もいたし、医者もいたよ。新しく来たほうのじゃなくて、前からいたほうの医者さ。その医者の子どものひとりは、ゲルタと同じ学校に行ってて、ゲルタはうちの親戚《しんせき》と……まあ、とにかくさ、結婚式《けっこんしき》の写真を見せてやったただろ。総統様《とうさま》は、表紙の内側にサインをした本を送ってくださった。あたしはまだ読んじゃいないがね。でも、ときどきは出してきて、開いて見るんだよ。しょっちゅう見てるよ。知恵《ちえ》のあるすばらしい本じゃないかね。だけど、もちろん今は、ユダヤ人はみんなキャンプに送られちまって……」

「ハイジ！　何をしているんです？」

いつのまにかゲルバー先生が戸口に立っていました。

「ライプさんのお手伝いです」ハイジは答えました。

ゲルバー先生は、二人を怖《こわ》い目でじっとにらみました。さっきの話の、少なくとも最後の部分は、先生に聞こえてしまったにちがいありません。

「勉強の時間ですよ」先生は言いました。

といっても、このところ勉強といえるようなものは、夜テーブルの上のろうそくの明かりと、ストーブの火をたよりにハイジが文章を読むだけでした。そのあいだ、縫《ぬ》い物をしたり、ストーブの火を見つめたりしているゲルバー先生は、いつもどこか遠くにいて、ハイジではないだれか別の人の声に耳をかたむけているかのような表情《ひょうじょう》をしていました。

「はい、ゲルバー先生」ハイジは答えました。

◆
◇

茶色い水がバシャッとはねた。バスが歩道に近づいて停《と》まった。

第13章

ハイジの計画

「お話の先が読めたよ」マークが言った。

三人はバス待合所にいた。(「また早く行きたいの?」マークのお母さんは、信じられないという顔をしていた。)

空にたれこめた雲からは、きょうも雨が落ちつづけていた。そして、ベンはまだカゼで休んでいた。

「ほんと?」トレーシーがきいた。

「ユダヤ人たちを強制収容所《きょうせいしゅうようじょ》から逃《に》がす計画を、ハイジが立てるんだよ、きっと。何が行われてるか、とうとうわかったんだ。じゃなけりゃ、ハイジがヒットラーをスパイして、情報《じょうほう》を流すのかも」

アンナは、じっとマークを見てから、落ちついた声できいた。

「あんただったら、お父さんをスパイする?」

「しないさ。でも、うちの父さんはヒットラーじゃないもの」マークは言った。

アンナは首を横にふりながら言った。

「どうやったらハイジにスパイができるのよ? もう何か月もお父さんに会ってない

のよ。会ったときだって、ほんの数分だったし。それに、だれに情報《じょうほう》をわたすの？　おまけに、ハイジはそんなにいろいろ知ってたわけじゃないの。ユダヤ人たちがみんな殺される運命にあるなんて、知らなかったのよ。ただ、変だな、と思うくらいのことは知ってたっていうだけ。ユダヤ人って、どんな人たちなんだろう？　ってハイジは考えてみたの。でも、だれも教えてくれなかった。どこかちがう人たちだってことしか、わからなかった。

　でも、ハイジ自身も、ほかの人とはちがってたでしょ。それで、ユダヤ人を頭の中に思いうかべてみると、自分と同じように、顔にあざがあって、片方《かたほう》の足がちょっとだけ短い人が想像《そうぞう》の中にあらわれたのね。ほかの人とはちがうから、かくれていなければいけないんだと思ったの」

「だから、その人たちを助けようとしたんだよね」とうとうマークが言った。

　アンナは肩《かた》をすくめた。

「まあね。計画は考えてみたの。助けが必要なユダヤ人が、庭にやってはこないかと注意して見てることにしたのよ。来たら、果樹園《かじゅえん》の向こうにある古い鶏小屋《とりごや》にかくまおうと思ったの。そこなら、夏プラムが実ったとき以外は、だれも行かないからね」

◇◆

最初はかんたんでした。ゲルバー先生には、ウサギが赤ちゃんを生んだときのために、鶏小屋《とりごや》をきれいにするのだと言っておきました。

ハイジは、鶏小屋《とりごや》のふんやごみをそうじしました。シャベルを持ったのははじめてで、手が痛《いた》くなりました。下には、新しいわらを敷《し》きました。ゲルバー先生がライプさんにお金をわたし、ライプさんのだんなさんがわらを運んできてくれたのです。

できあがってみると、なかなかよさそうでした。

食べ物も必要です。計画の第二段階《だんかい》に入りました。ユダヤ人たちが避難《ひなん》させてくれと言って庭にやってきたら、食べ物もあげなくてはなりません。もちろんキッチンから少しは持ち出すことができますが、それだけでは足りないでしょう。

そこでハイジは、地下の食料貯蔵室《ちょぞうしつ》から、一日一つずつびんづめを持ち出しました。プラムのジャムとか、リキュールにつけたサクランボとか、ハチミツなんかのびんづめです。それをハイジは、わらの中にかくしました。キッチンには缶《かん》づめもあったので、それも持ち出したかったのですが、ゲルバー先生が気づいてライプさんのせいにするかもしれません。ハイジとライプさんのふたりがキッチンから食べ物をくすねていれば、ゲルバー先生だって遅《おそ》かれ早かれ気づくにちがいありません。

ひと月かかって準備《じゅんび》ができあがると、あとは待つだけになりました。

◆
◇

「ユダヤ人はいつ来たの？」トレーシーが、興味《きょうみ》しんしんできいた。

「それが来なかったのよ。一度も来なかったの。まあ当然なんだけど。戦争も終わりに近づくと、ユダヤ人はみんな強制収容所《きょうせいしゅうようじょ》に入れられて、そこから逃《に》げ出せた人はほんのわずかだったからね。でも、そのくらいしかハイジにはできなかったのよ」と、アンナは言った。

「もっとほかにも、できることがあったはずだよ」マークが言った。

「どんな？　部屋にとじこもって、強制収容所《きょうせいしゅうようじょ》を閉鎖《へいさ》するまでは一歩も出て行かないし、食事もとらないって言うの？」

「まあ、そんなようなことだよ」マークにも、あまりいい考えはうかばなかった。

「そんなことして、何になるのよ？　みんなが、ハイジの要求を聞いてくれると思う？」アンナが言い返した。

「だって、ヒットラーのむすめなんだろ！」

「でも、だれもそのことは知らないし、それに、子どもの言うことが聞いてもらえると思う？」アンナがたずねた。「とくにそのころは無理よ。今だって……」

そういわれればそのとおりだ、とマークは思った。ハイジは、実際《じっさい》にはまったく役に立たなかったにしろ、自分なりにできることをやったのだ。

「ハイジがおとなになってたら、ちがってたかもしれないね」マークは、しばらくしてから言った。「抗議《こうぎ》行動だって起こせたかもしれないよね。ヒットラーのむすめだって言えば、みんな聞いてくれたかもしれないもの」

「たぶんね」と、アンナが言った。「でも、そうはならなかったのよ。そんなことが起こるはずはなかったの。だって、ほんの二、三か月もすると、いろいろなことが変わってしまったからよ」

「ねえ、あんたたち！」ラターさんの声がひびいた。

見ると、スクールバスが停《と》まっていた。話に夢中《むちゅう》で気づかなかったのだ。

「きょうは学校へ行かないのかと思ったよ」

三人が乗りこむと、ラターさんがからかった。きょうのラターさんは、前にエミューのししゅうがついたティーポットみたいなぼうしをかぶっている。

「いったい何をそんなにしゃべってたんだい？」

「いろいろ」と、マークは答えた。

アンナの話を知ったらラターさんがなんて言うかを考えると、正直に答えることはできなかった。きっと人種差別主義《しゅぎ》はどうのこうのと、うるさい演説《えんぜつ》が始まるにきまっている。

マークはアンナのほうを見た。アンナは、ぼんやりと自分の席にすわっていて、マークの方は見なかった。そういえば、アンナはこの話をするようになってから、もの静かになったような気がする。アンナも話の展開《てんかい》に心を乱《みだ》されているのだろうか？

マークとおなじように。

第14章

月の夜

バス待合所の屋根からは、ポタン、ポタン、ポタンと雨《あま》だれが落ちていた。待合所のへりにそって、雨《あま》だれが溝《みぞ》をつくっている。長雨のせいで、溝《みぞ》もずいぶん大きくなっていた。

もう習慣《しゅうかん》になったな、とマークは思った。アンナはトレーシーと到着《とうちゃく》するなり、話しはじめた。マークとトレーシーは、その話に耳をかたむけた。これはアンナの物語なので、終わりまでアンナひとりが話すのだ。

どんな結末になるのだろう？　マークは思った。ハイジがおとなになるまで、こんなふうにえんえんとつづいていくのだろうか？　それとも、ハイジは戦争で死んでしまうのだろうか？

ヒットラーが自殺したのを、マークは思い出した。それに、戦争が終わる直前にヒットラーが結婚《けっこん》した女の人も。そうそう、エバ・ブラウンという名前の女の人だった。ふたりとも、自殺したのだった。

まさかハイジはそんなことにはならないだろう。そんなことはないはずだ！　アンナがそんなふうに物語を終わらせるはずはない！

アンナは、まゆを寄《よ》せて待合所の向こうを見ていた。ちゃんとした話にするためにふさわしい言葉をさがしているみたいだ。だったら結末も、アンナの好きなように物語を終わらせることができるだろう。

そのはずだ。

「……夜になると、家の上を飛行機が飛んでいく音が聞こえました」アンナが話していた。「今では、その数も、どんどんふえていました……」

よけいなことを考えていたせいで、マークは最初のほうを聞き逃《のが》してしまった。どっちにしろ心配はいらないはずだ。アンナがこれまでに話してくれた話は全部、ハッピーエンドだったのだから。いなくなった魚の話もそうだったし、学校の建物の下に秘密《ひみつ》の通路があるという話もそうだった……。

でも、この話は、ほかの話とは少しちがっている。

「その夜は、いつもとはちがいました」アンナが話していた。「ベッドに入るまえのことです。ゲルバー先生は火を小さくしていました。薪《まき》を燃《も》やしているのですが、その薪《まき》も今はかんたんに手に入らなくなっていたのです」

最初この家に引《ひ》っ越《こ》してきたときは、薪《まき》もたくさん山になっていました。薪割《まきわ》りはアムヘル軍曹《ぐんそう》の役目でしたが、軍曹《ぐんそう》は畑を耕《たがや》す手伝いにかり出されていました。畑の仕事のほうが、薪《まき》を割《わ》る仕事より重要だということは、ゲルバー先生も認《みと》めていました。

◇
◆

とつぜん遠くから雷《かみなり》のような音が聞こえてきました。飛行機が飛んでくる音かと思ったり、遠くの空襲《くうしゅう》のこだまかとも思いましたが、どちらもちがうようです。

「あれはオートバイの音です」と、ゲルバー先生が甲高《かんだか》い声で言いました。

オートバイが外で停《と》まると先生はドアまで行き、ノックの音が聞こえるまえにドアをあけました。

ハイジは耳をそばだてました。自分まで出ていったら不作法になります。それに、もしかしたら見つからないように身をかくしていたほうがいいのかもしれません。存在《そんざい》しない人のように、かくれていなければいけないのかもしれません。

ゲルバー先生がドアを閉《し》めました。目がきらきらしています。

「総統様《そうとうさま》にお目にかかることになりましたよ」先生はささやくように言いました。窓《まど》のそばやドアのうしろでスパイが聞いているかもしれないというように。「早くいちばんいい服を着て、コートをはおって、いいくつをはきなさい。さあ、いそいで！」

ハイジが身じたくをして階段《かいだん》をおりてきたちょうどそのとき、一台の車がやってきました。オートバイと同じで、ライトは暗くしてありました。上空を飛ぶ飛行機から見られないようにするためです。

ゲルバー先生も、着替《きが》えをすませていました。小さな羽がついたいちばんいいぼうしをかぶっています。ハイジをドアから出して車に乗せる先生の手は、ふるえていました。

先生はどきどきしてるんだ、とハイジは思いました。車はゆっくりと向きを変えて門を出ると、小道をすべるように走りだしました。前にお父さんと会ってから、どれくらいたっているのでしょうか？　たぶん一年以上になるでしょう。

お父さんが手紙をくれるといいな、と思ったこともありました。手紙が来たら自分で読めるように、ハイジはいっしょうけんめい文字の勉強をしたものです。でも、手紙は一通も来ませんでした。

ずっと前は、ときどき電話がかかってきました。でも、いま住んでいるところには電話もありません。

ハイジもわくわくして当然でしたが、どうしてか心ははずみませんでした。それどころか怖《こわ》くなってきていました。

車は村の中を通り、ハイジはものめずらしそうにあたりをながめました。村を通るのは、これで二度目です。でもライプさんがいつも話しているので、ハイジもよく知っているつもりになっていました。ライプさんの話に出てきた子どもたちを、ちらっとでも見ることができればいいな、とハイジは思いました。でも、みんな家の中に入っているようでした。

村を通りすぎ、教会も通りすぎました。すると、木の陰《かげ》になった暗い道ばたに、もう一台べつの車が停《と》まっているのが見えました。

ハイジの車が停《と》まりました。運転手が車をおりて、後部座席《ざせき》のドアをあけました。ハイジが最初に車をおりました。ゲルバー先生もつづいておりようとしましたが、運転手が首を横にふりながら言いました。

「子どもだけです」

乗ってきた車からもう一台の車までは、ずいぶんと距離《きょり》があるように感じられました。ハイジの白いソックスが月の光に照らされてかがやいていました。（小さな丸いチーズみたいな月でした。）ハイジのくつにも小さな月が映《うつ》っていました。もう一台の車のうしろのドアがあいたので、ハイジは乗りこみました。

運転手はいませんでした。場をはずすように言われたのでしょう。見ている人も、聞いている人も、だれもいませんでした。

「さてと、ハイジ、いい子にしてたかね？」と、総統《そうとう》が言いました。

「はい、デュフィ」ハイジは小声で答えました。

総統《そうとう》はかがみこみ、ハイジのほおにキスしました。とても冷たい唇《くちびる》でした。

「いい子にしてたんだね？」総統《そうとう》がまたたずねました。

総統《そうとう》は、何かほかのことを考えているらしく、ハイジがまた「はい」と言ったときも、耳に入ってはいないようでした。

「ゲルバー先生は、よくしてくれているかね？」

「はい、デュフィ」それしかいえないみたいに、ハイジはくりかえしました。

会ったら言おうと思っていたことは、あんなにたくさんあったのに。ベルリンに行かせてください、お手伝いをさせてください、デュフィのために働いたり、デュフィのお世話をしたりしたいんです――そんなことを言いたいと思っていたのに。言うのを忘《わす》れてしまったわけではなく、ハイジはなぜか今はそんなことを言うときではないと思ったのでした。

総統《そうとう》はゆっくりとした口調で言いました。

「あれは、ちゃんとした人だ。信用できる。信用できる人間はわずかしかいない。みんなわたしを裏切《うらぎ》っていく。わかるかね、ハイジ？　みんなだ！　みんなだぞ！」

総統《そうとう》の声が車の中に大きくひびきました。

ハイジは首を横にふりました。なんと言えばいいのでしょう？　デュフィはなんと言ってもらいたいのでしょう？　きっと「わたしはまだお父さんの味方です。信用してください」と言えばよかったのでしょう。

でも、ハイジは何も言いませんでした。

総統《そうとう》は、ハイジがそこにいることを急に思い出したかのように、ハイジをじっと見て言いました。

「何かいるものがあったら、わたしに知らせなさい」

でも、どうやって知らせればいいかは言いませんでした。

「ゲルバー先生の言うことをよくきくんだよ。あの人は信用できる。だが、いつも用心を忘《わす》れないように」

「はい、デュフィ」ハイジは最後にもう一度、同じ言葉をくりかえしました。

「そろそろ仕事にかからなくては。やることがたくさんあって、みんながわたしを待っているからね」総統《そうとう》は言いました。

それを聞いて、ハイジは、自分に会うためだけに総統《そうとう》がはるばるやってきたわけではないのを知りました。

総統《そうとう》はハイジのほおにふたたびキスをし、ハイジは座席《ざせき》を移動《いどう》して車から外へ出ると、べつの車まで歩いてもどりました。

総統《そうとう》の車のエンジンがかかり、動き出しました。ハイジは横を通り過《す》ぎていく車を見て、片手《かたて》をあげてふりました。でも、総統《そうとう》も手をふっているのかどうかは、暗すぎてわかりませんでした。

「あなたは運がいいわ。ほかにもお仕事がたくさんあるのに、総統様《そうとうさま》がわざわざ時間をつくって会ってくださったのですからね」家に向かう車の中で、ゲルバー先生が言いました。

ゲルバー先生が、総統《そうとう》に会えなくてがっかりしているのはたしかでした。でも先生は、ハイジのためにその気持ちをおさえようとしているようでした。

存在《そんざい》を認《みと》めてもらったのは、ほんの一瞬《いっしゅん》だけだった、とハイジは思いました。でも、その思いを口に出すことはしませんでした。

◆
◇

第15章

ベンがもどってきた

「あら、ベンがもう来てるわ」つぎの朝、車がバス待合所に近づくと、マークのお母さんが言った。

「カゼが治ったんだね」マークが言った。

お母さんがうなずいた。そしてカゼという言葉で思い出したように言った。

「あったかくしてなさいよ。そこらじゅう、カゼのウイルスがうようよしてるでしょうからね。お昼休みも、上着を着たままでいるのよ」

「わかったよ、母さん」マークは言った。

「足もぬらさないようにね」

「わかったってば！」マークが抗議《こうぎ》した。

ゆっくり車をおりながら、マークは思った。まったくベンのやつ、あと二日くらい休んでてくれりゃよかったのに。

「よう」ベンが、両手に息をはきかけながら言った。「おまえの車が見えたから、いそいで走ってきたんだ。でも、早くないか？」

「そうかも」マークは言った。「調子はどう？」

「もうぜんぜん平気。おふくろが、休め休めってうるさかっただけ。休んでるあいだに、なんかあった？」

「たいしたことは何も。バスケの練習は雨で中止になったし、ハスケット先生は、ぼくたちが騒《さわ》ぐんならホールでお昼を食べさせないって言ってる」

「だったら、どこで食うんだよ？　雨にぬれながら食べろってか？」

「さあね。ああ、アンナが来た」

そばまで走ってきた車から、アンナとトレーシーがおりてきた。

「土曜日になると、うちにフロッシーおばさんが来るんだよ」

トレーシーは、そう言いながら待合所にとびこんでくると、レインコートをぬごうとして、雨水《あまみず》をはでにはねとばした。

「そのおばさんは偉《えら》いぜ」

ベンはそういうと、鼻にとんだ雨水《あまみず》をそでででぬぐった。それから時計を見て、言った。

「今朝はみんな早くない？」

「アンナがお話をしてくれてるからね」トレーシーが言った。

ベンは三人を見た。

「まだあのゲームつづいてんのかよ?」

アンナがうなずいた。

「うへっ。やけに長い話なんだな」

トレーシーがうなずいてから、うながした。

「アンナ、つづきを話してよ!」

「かっこいい場面はあったのかよ?」ベンがたずねた。

アンナがベンを見てきいた。

「かっこいいって、どういう意味?」

「わかるだろ。戦闘《せんとう》場面とかさ」

アンナは答えなかった。

「爆撃《ばくげき》は出てきたよね」マークはそう言ったとたん、言わなきゃよかったと後悔《こうかい》した。

いかにもまのぬけた言い方だったし、ベンもアンナもドジな者でも見るようにマークを見ていた。

「休んでても、たいした損《そん》はなかったみたいだな」ベンはそういうと、ベンチに深く腰《こし》をかけた。そして腕《うで》を組むと、両手が寒くないようにふところにつっこんだ。

アンナはしばらくおいてから、話しはじめた。

第16章

ベルリンへ

ある晩《ばん》ゲルバー先生がハイジの部屋に入ってきました。先生は部屋着ではなく、キツネのにおいがするコートを着ていました。

「ハイジ！　ほら、目をさまして！」

「どうしたんですか？」

「車が迎《むか》えに来たのです。起きなさい。出かけなければなりません」

「お父さんに会いに？」

お父さんという言葉を口に出して言ったのは、このときがはじめてでした。暗いし眠《ねむ》たかったので、デュフィと呼《よ》ぶのを忘《わす》れてしまったのです。

「たぶん。そうね。わたしにはわかりません。さあ、急いで。早く！」

ハイジは、ベッドから足をつきだしました。

「ベルリンへ行くんですか？」

ゲルバー先生はうなずきました。

「車が待っています。あたたかい服を着なさい。わたしは、あなたのカバンに必要なものを入れますからね」

「兵隊が来るんですか、ゲルバー先生？」

ゲルバー先生は、たんすから顔を上げずに言いました。

「そうです。もうすぐやってきます」

兵隊という言葉が、ドイツ兵を意味するのでないことは、二人ともわかっていました。敵《てき》の兵隊がもうすぐやってくるのです。敵《てき》に見つかる前に逃《に》げなければならないのです。

「ライプさんは？」

ゲルバー先生は、肩《かた》をすくめました。ライプさんは、自分でなんとかしなくてはならないのです。それに、家族から離《はな》れるわけにはいかないということも、ハイジにはわかっていました。

「わたしのウサギは？」

「ライプさんが連れてって世話してくれますよ。早く！」

ハイジは、長くつ下をはきました。ウールの厚手《あつで》の長くつ下で、ちくちくしましたが、これをはけばあたたかいのです。ハイジは、部屋を見回して、のりのきいた鮮《あざ》やかな色のカーテンや、壁《かべ》にかかった写真に目をとめました。どうしてかはわかりませんが、この部屋を見るのも最後だという気がしました。

お人形は、ベッドの上の棚《たな》に並《なら》べたままおいていくことにしました。

「さあ、いらっしゃい」ゲルバー先生が言いました。

ゲルバー先生のスーツケースは、隅《すみ》の方においてありました。先生はそれを取り上げ、ハイジのを手わたしました。

二人は長い廊下《ろうか》を歩き、ねじれたような階段《かいだん》をおり、階下の廊下《ろうか》を進み、キッチンを横切りました。

「ちょっと待ってて」ゲルバー先生が言いました。

先生は、途中《とちゅう》で食べるパンとチーズをバスケットに入れました。

でも、ソーセージは持って行かないことにハイジは気づきました。デュフィがソーセージを食べるのをきらうからです。ハイジはまもなくデュフィに会うのですから……。

玄関《げんかん》前には、一台ではなく三台の車が停《と》まっていました。どれも軍隊の車で、ライトは消えていました。二台目の車の運転手がおりてきました。運転手はスーツケースを運び、車のドアをあけました。ゲルバー先生が、ハイジの手を引いて車に乗せました。

月の光のなかで、黒い影《かげ》がおどっていました。地面にも葉っぱの形がはっきりわかるような影《かげ》が落ちていて、カエルがいる池には、月が明るく映《うつ》っていました。カエルは声をひそめていました。

先頭の車のエンジンがかかり、走り出しました。ライトは消したままです。月の光が明るいので、道はよく見えていました。

ハイジたちの車の運転手がエンジンをかけました。ちょっと引っかかった後で、車はなめらかに走り出しました。先頭の車を追うように走り、三台目の車が後につづきます。

住んでいた家は暗い影《かげ》になって遠ざかっていきました。

座席《ざせき》にはひざ掛《か》けがおいてありました。ゲルバー先生は、それを広げて、二人のひざをおおいました。

「長い道のりです。眠《ねむ》ったほうがいいわ」

「はい」と、ハイジは答えました。でも、ハイジは目をつぶることはしないで、月の光に照らされておぼろに見える外の景色を見ていました。

ホシムクドリの巣がある生《い》け垣《がき》がうしろに遠ざかり、ライプさんの農場も通り過《す》ぎました。農場は、月に照らされた闇《やみ》よりもっと黒く見えました。ブタたちも、ハイジという名前の子ヤギも眠《ねむ》っていました。

上空に飛行機が一機飛んできて、さらにもう一機がつづきました。ゲルバー先生がはっと緊張《きんちょう》し、ハイジの体もこわばりました。月が出ているとはいえ暗いので、パイロットから下の車が見えないといいのですが。

飛行機は上空を通り過《す》ぎていきました。爆弾《ばくだん》は落ちてきませんでした。車のエンジンの音以外、あたりはシーンと静まりかえっていました。ハイジはほっとしました。今のところは、まだ安全です。

明け方近くになって、ハイジは頭をゲルバー先生の腕《うで》にのせて眠《ねむ》りに落ちました。となりにすわっているゲルバー先生は、口の片《かた》はしにちょっぴりつばをためて、かすかにいびきをかいていました。

第17章

ゆれる地下室

地下室の壁《かべ》はぬれているように見えましたが、指でさわってみると乾《かわ》いていました。壁《かべ》にふれると、上の世界の爆撃《ばくげき》の振動《しんどう》が伝わってきました。爆音《ばくおん》や戦車の砲弾《ほうだん》の音や、それ以外の音も聞こえてきましたが、それが何なのかハイジにはわかりませんでした。指を壁《かべ》におしあてていると、じんじんしてきます。それは、ハイジがときどき楽しむ遊びでした。

それ以外に、やることはあまりなかったのです。

もちろん爆撃《ばくげき》の音も聞こえてきましたが、指先で感じるのは、それとはまたべつでした。爆撃《ばくげき》はやむことがなく、しだいに慣《な》れっこになってきていました。あるとき、ほかの音より大きな音が、とつぜん聞こえてきました。それは甲高《かんだか》い叫《さけ》び声で、それにつづきボンボンというにぶい音がまた始まりました。

ハイジがいるのは小さな部屋で、コンクリートと鋼鉄《こうてつ》を使って地下の深いところにつくられていました。床《ゆか》もコンクリートでした。片側《かたがわ》には二段《にだん》ベッドがありました。ハイジは上の段《だん》を使いたかったのですが、ゲルバー先生が、「いいえ、落ちるといけません」と言って、自分が上に寝《ね》ることにしてしまいました。

へんなの、とハイジは思いました。敵《てき》が侵入《しんにゅう》し、外では爆弾《ばくだん》やロケットや戦闘《せんとう》機《き》によって命がおびやかされているというのに、ゲルバー先生はハイジがベッドから落ちるのを心配しているのです。でも、ハイジは何も言いませんでした。黙《だま》っているのは得意だったのです。生まれてこのかた、ずっとその練習をしてきたのですから。

部屋には、木のテーブルがあり、その上には小さな石油コンロがのっていました。それにいすが二つあり、部屋の壁《かべ》が外にはりだしているところは、カーテンで仕切られていました。カーテンの向こうには、蛇口《じゃぐち》が二つついた洗面台《せんめんだい》がありましたが、水しかでませんでした。便器も二つおいてありました。毎朝ゲルバー先生は、便器の中身を廊下《ろうか》にあるバケツにあけなければなりませんでした。

朝ごはんは、一人の兵士が運んできました。黒パンのはしっこと、冷えたソーセージ一本と、代用コーヒーです。パンは、あまくないし、固くてパサパサで、ほこりをかぶっているみたいでした。コーヒーは、先生用とハイジ用と、二つのマグに入っていました。総統《そうとう》の司令部があるここでさえ、食料はわずかになっていたのです。デュフィはソーセージのことを知っているのでしょうか？　もしかすると、知っていてもかまっていられないほど、食料が不足しているのかもしれません。

ゲルバー先生が、ソーセージとパンを二つに分けました。それから少したためらったのち、「これはあとで」と言って、パンをわきへどけました。代用コーヒーは熱くて苦《にが》く、ソーセージはパサパサしてまずいものでした。ハイジは、材料は馬肉かもしれないと思いました。ライプさんが、町ではもう馬肉ソーセージしか手に入らないと言っていたからです。

ゲルバー先生は、勉強の本を持ってくるのを忘《わす》れていました。それに、こんな地下の奥深《おくふか》くで歌をうたうのも場違《ばちが》いな気がしました。爆音《ばくおん》がひびき、外の廊下《ろうか》からは不安そうで険悪《けんあく》なやりとりが聞こえてくるなかでは、しゃべることさえ場《ば》違《ちが》いなように思えたのです。

ハイジとゲルバー先生は、ただすわっていました。ハイジは、湖をわたる風や、木の葉を照らす日の光や、上の世界の色鮮《あざ》やかなものを、あれやこれやと思い出していました。飛行機から爆弾《ばくだん》が落ちてきたら、そのうちのどれだけが残るのでしょう？

お昼ごはんを持ってきたのは、べつの兵士でした。ジャガイモとキャベツのスープでしたが、冷めていて、上に油の膜《まく》が張《は》っていたので、ゲルバー先生がコンロであたためました。コンロをつけると部屋があたたかくなりましたが、スープがあたたまると先生はすぐに火を消してしまいました。燃料《ねんりょう》が不足していたからです。

スープにはパンがついていましたが、ゲルバー先生はそれもとっておくことにしました。

寒さはこたえました。ベッドそれぞれに毛布《もうふ》が二枚《まい》ずつついていました。いすにすわるのは寒すぎるので、二人は下のベッドにいっしょに横になり、ゲルバー先生はハイジを全部の毛布《もうふ》でくるんでくれました。そして、ハイジが眠《ねむ》るまでしっかり抱《だ》いていてくれました。

ハイジが目をさましたとき、ゲルバー先生は消えていました。パンも、ゲルバー先生のスーツケースもなくなっていました。

ハイジはおどろきませんでした。こうなることは、うすうすわかっていたような気がしました。ただ、現実《げんじつ》のこととして考えていなかっただけです。

ゲルバー先生がここを出ていかなければならないのも、考えてみれば当然でした。地上の何もかも異常《いじょう》な世界の中で、先生は家族をさがさなければならないのです。先生の家族は、先生の助けを必要としていたのかもしれません。先生も、家族の助けを必要としていたのかもしれません。それなのに、ここで敵《てき》の兵隊が来るのを待っていたって何もならないではありませんか。

ひとりぼっちで地下室にいるのは、さびしいものでした。

ハイジは、夕食の時間になるまで、毛布《もうふ》を体にまいてベッドに寝《ね》ていました。夕食には、またスープとパンとソーセージと代用コーヒーが運ばれてきました。前と同じ分量です。ゲルバー先生が出ていったことに、だれも気づいていないみたいでした。知ってはいても、もうどうでもよくなっていたのかもしれません。

コンロに火をつけるやり方がわかるまでに、しばらく時間がかかりました。指をこがすのではないかと心配でしたが、なんとか火をつけることができました。ハイジは時間をつぶすために、スープをゆっくりゆっくりとすすり、それから好きではないのに代用コーヒーも飲みました。ほかにすることはありませんでした。ソーセージとパンは、ベッドに持って入りました。ベッドでものを食べてはいけないと、あれだけ言われていたのですけど。

ハイジは、前歯でしかかじれないネズミになったつもりで、少しずつ少しずつパンとソーセージをかじりました。その間もずっと、上のほうからは爆弾《ばくだん》が炸裂《さくれつ》する音が聞こえ、遠くで何かがドカンと爆発《ばくはつ》する音が聞こえ、廊下《ろうか》からはどなる声が聞こえてきていました。

そのうちにいつしかハイジは眠《ねむ》り、目をさましてみると朝食の時間になっていました。こんどはハイジはドアをあけておきました。閉《し》めた中にひとりでいるのは、さびしすぎたからです。

廊下《ろうか》を人々が重い足取りで通っていきましたが、だれも部屋の中をのぞこうとはしないみたいでした。いまではもう、だれも関心を示《しめ》さないのです。

とつぜん大きな声が聞こえました。男の人がどなっている声です。そのかげで、女の人がさけぶもっと弱々しい声もしました。それからまた男の人の声。どなるというより悲鳴といったほうがいいような、奇妙《きみょう》な声でした。その声は、えんえんとつづきました。

それは、ハイジのお父さんの声でした。

ハイジは、ベルリンに来てから一度もデュフィに会ってはいませんでした。忙《いそが》しいからです。もちろん忙《いそが》しいにきまっています。どこにいるかとたずねることさえ、ハイジはしませんでした。

でも、デュフィはここにいたのです。

ハイジはベッドをすべりおり、毛布《もうふ》をどけ、声のするほうへと廊下《ろうか》を走っていきました。

頭上で、空気をつんざくような音がしました。爆発音《ばくはつおん》がとどろきます。天井《てんじょう》からほこりが落ちてきました。もしかすると、ほこりではないのかもしれませんが。壁《かべ》や床《ゆか》がゆれ、それから静かになりました。ハイジは走りつづけました。

どなる声はもう聞こえませんでしたが、ハイジは、声がどこから聞こえてきたか、おぼえていました。

その部屋のドアはあいていました。中には、三人の男の人がいて、何か話し合っていました。どの人も、緊張《きんちょう》と疲《つか》れと、地下でくらしていることから、青白い顔をしていました。部屋のわきには兵士たちがひかえていました。

また爆発音《ばくはつおん》が聞こえて、空気と地面と壁《かべ》がふるえました。

「お父さん！」ハイジはさけびました。

面と向かってお父さんと呼《よ》んだのは、はじめてのことでした。

その男は、話をやめて、ハイジを見ました。ほおはこけ、目はくぼんで暗い色をしていました。口ひげには白いものもまじっています。

「お父さん？」ハイジはまた言いました。

男は何も言わずに、ただほほえんだだけでした。ほほえんだとまでは言えないかもしれません。それに近い表情《ひょうじょう》をうかべた、と言ったらいいでしょうか。あとになってからハイジは、そのほほえみは「やあ、わたしのむすめじゃないか。そうとも、わたしもおまえを愛しているんだよ。でも、おまえのためを思えば、今はそんなことを言うべきじゃないな」という意味だったのではないかと思うようになります。

ともかくハイジは、そうだったらいいと思うようになるのです。

つぎの瞬間《しゅんかん》、ほほえみは消えていました。もしかしたら、ほほえみなど最初からなかったのかもしれません。

「この子は、だれなんだ！」総統《そうとう》がたずねました。

「その……その……」衛兵《えいへい》の一人が口ごもり、それから黙《だま》ってしまいました。

「はじめて見る顔だな」総統《そうとう》アドルフ・ヒットラーは言いました。「この子はここで何をしてるんだ？　子どもがいる場所じゃないだろう！」

「しかし……」

さっきの衛兵《えいへい》は、言おうとした言葉をのみこんでしまいました。ほかの人は何も言いませんでした。

「あっちへ連れていけ！　今すぐにだ！　聞いてるのか？　今すぐにと言ってる

んだ！」アドルフ・ヒットラーは言いました。

衛兵《えいへい》がハイジを部屋に連れもどしました。そしてドアを閉《し》めました。ハイジはすわって、お父さんの声が聞こえないかと耳をすましましたが、聞こえるのは爆《ばく》弾《だん》の音ばかりでした。

一時間かそこらたったころ、さっきの衛兵《えいへい》がまたあらわれて、「スーツケースを持ちなさい」と命令しました。

ハイジはスーツケースを持ち上げました。衛兵《えいへい》が持ってくれるかと思いましたが、持ってはくれませんでした。

廊下《ろうか》を歩いていきました。さっきお父さんがいた部屋のドアは閉《し》まっていました。階段《かいだん》をのぼり、また廊下《ろうか》を歩きました。砲弾《ほうだん》が炸裂《さくれつ》する音が、ここでは大きくひびきます。

階段《かいだん》のところに、別の兵士が待っていました。

「連れてきたよ」と、最初の兵士が言いました。

待っていた兵士はスーツケースを持ってくれました。こっちの兵士のほうが年上で、悲しそうな目をしていました。ちょっとためらってから、兵士はハイジの手をとりました。「怖《こわ》がらなくてもいいんだよ、むすめさん」兵士はやさしい声で言いました。「やさしい人たちのところへ行くんだからね。恐《おそ》ろしくはないんだからね」

地上の通りまで上がってみると、ひどいにおいがしました。寝室用便器《しんしつようべんき》を一〇〇万個《こ》も置きっぱなしにしておいたときのような、すえた悪臭《あくしゅう》です。

兵士は、ハイジが手で顔をおおうのを見て言いました。

「下水溝《げすいこう》が爆撃《ばくげき》されたんだよ。中のものがあふれ出したんだな……」

でも、悪臭《あくしゅう》はそればかりではないのでした。

地上の世界は、騒音《そうおん》と、がれきと、飛びちった石の破片《はへん》に満ちていました。ライプさんの農場に行くと、ぬかるみにいるブタのにおいがぷんぷんしてきたように、ここは血と憎《にく》しみのにおいがぷんぷんしていました。

「こっちだよ」兵士が言いました。

ほおに灰色《はいいろ》の無精《ぶしょう》ひげが生《は》えています。疲《つか》れた、張《は》りつめたような声でしたが、親切にしてくれるつもりのようです。

このあたりは、かつて林や庭園がいくつもあったところです。でもいまは、戦場でした。その変わりようが、あまりにも急で、あまりにも大きかったので、なかなかのみこむことができませんでした。

兵士に手を引かれたまま、ハイジはいまや骸骨《がいこつ》みたいになってしまった庭園を走りぬけました。それから暗い階段《かいだん》を下へ下へとおりて、また地下にもぐっていきました。

こんどはトンネルを通ります。トンネルの中は地上より静かでしたが、それでも足下《あしもと》の地面からはあいかわらず振動《しんどう》が伝わってきました。トンネルを進み、角を曲がり、またトンネルを進みます。階段《かいだん》が一つありましたが、そこは通り過《す》ぎ、つぎにあった階段《かいだん》をのぼります。

出たところは、鉄道の駅のようなところでした。ハイジは前に駅の写真を見たことがありました。でも、ここはそれとはちがっていました。

駅から出ると、兵士はハイジの髪《かみ》をなでてくれました。冷たい、ざらざらした手でしたが、やさしくしてくれようとしているのです。

「もうだれかが来ているはずなんだが。あんたをここで待っているはずで……」

音はしませんでした。いいえ、もしかすると音はしたのに、まわりの騒音《そうおん》のせいで聞こえなかったのかもしれません。ふいに、その兵士が倒《たお》れました。片腕《かたうで》が吹《ふ》き飛ばされ、血が地面にどくどくと流れ出していました。まわりの皮膚《ひふ》も、骨《ほね》も真っ白でした。こんなに血が出ているのに、どうして骨《ほね》は白いままなのでしょう？

ハイジは兵士の顔にさわってみましたが、兵士は動きませんでした。

爆撃《ばくげき》の音がしているにもかかわらず、世界は冷たくて、さえざえとして、とても静かに思えました。

スーツケースを持ち上げて、ここを立ち去らなくてはなりません。ハイジはスーツケースから兵士の手を引きはがしました。腕《うで》が体から五〇センチも離《はな》れているのに、兵士の指はまだしっかりとスーツケースの取っ手をにぎっていたのです。

ハイジは歩きはじめました。

数秒か、あるいは数分か、自分でももうわからなくなっていましたが、とにかく少し歩くと、うしろで何かが爆発《ばくはつ》し、現実《げんじつ》がもどってきました。崩《くず》れた壁《かべ》のうしろに隠《かく》れようとハイジは走り、盾《たて》のようにスーツケースを前においてうずくまりました。

どういうわけか、ゲルバー先生のことが思われました。ゲルバー先生みたいに、自分もパンをとっておけばよかったと思いました。

ハイジは、一つの壁《かべ》からもう一つの壁《かべ》へと、できるだけ身をかくしながら、はって移動《いどう》していきました。ほんの少しずつでも進むごとに、古い自分を脱《ぬ》ぎ捨《す》てていくような気がしました。古い自分は、砲弾《ほうだん》や煙《けむり》や炎《ほのお》によって焼き尽《つ》くされてしまったのです。

デュフィのむすめは、消えてしまいました。ゲルバー先生が育てようとしていた「いい子」は、消えてしまいました。残っているのは、奥深《おくふか》くに小さな種のようにひそんでいたハイジ自身でした。

ハイジがしなければならないのは、生きのびることでした。生きのびれば、その種ものびて育ってゆくでしょう。

あちこちに人が倒《たお》れていましたが、土ぼこりと血にまみれているので、もうそれは人間の体には見えませんでした。煙《けむり》がふわふわとただよっていました。その煙《けむり》は固体のように見えることもあれば、あたりをおおっている霧《きり》のように見えることもありました。

だれかが料理の火を消すのを忘《わす》れてなべをこがしたときのような、不快《ふかい》な強い悪臭《あくしゅう》が鼻をさしましたが、しばらくするとその悪臭《あくしゅう》にも慣《な》れました。世界はいま、悪臭《あくしゅう》と爆音《ばくおん》だけでできていました。そして、これからもそれは変わることがないように、ハイジには思えました。

最初ハイジは、あたりがよく見えないのは煙《けむり》と土ぼこりのせいだと思いました。でも、爆撃《ばくげき》の際《さい》に燃《も》えてしまわなかったがれきの上を、闇《やみ》がしのびよってきていたのです。

爆音《ばくおん》はやみませんでした。それに、あたりは真っ暗にもなりませんでした。そこらじゅうで火が燃《も》えていたからです。昼間もあちこちで燃《も》えていたのに、気づかなかっただけかもしれません。夜は赤とオレンジに染《そ》まり、そこに奇妙《きみょう》な白いすじが入っていました。あたりは、甲高《かんだか》くキーキーとどろく新しい音と、炎《ほのお》の黄色い光に満ちていました。

ハイジは、歩いたり、走ったり、隠《かく》れたりしながら、進みつづけました。どうして走るのか、どこへ行こうとしているのか、自分でもわかってはいませんでした。考えるよゆうも、ありませんでした。ただ、進みつづけて、なるべく遠くへいかなければならないということだけは、わかっていました。

ハイジの前には戦車がありました。戦車が二台。さっきからキーキー音を立てていたのは、この戦車だったのです。

戦車は、砲撃《ほうげき》の音をしのぐような轟音《ごうおん》をたてながら道路を進んでいました。金《きん》属《ぞく》の車体は、石に当たると、キーキーときしみました。

と、とつぜん一台の戦車が、ボッと大きな炎《ほのお》につつまれました。青と灰色《はいいろ》と黄色の炎《ほのお》です。足下《あしもと》の世界が消え、ハイジは爆撃《ばくげき》でできた穴《あな》の中に落ちました。上からバラバラと石がふりそそぎます。雨のようなものだという気がしましたが、息がつけるようになってみると、体が痛《いた》いのがわかりました。

ハイジの指は、まだスーツケースをにぎっていました。ハイジは、燃《も》えあがる戦車から離《はな》れ、穴《あな》からはい出ようとしました。

「こっち！　こっちよ！」

ハイジが見上げると、穴《あな》のふちに一人の女の人がひざをついているのが見えました。その女の人は、手をさしのべていました。ハイジは、その手をつかみました。ひんやりとした、すべすべした手でした。

その手に引っぱられて、ハイジはまた体を動かすことができるようになりました。その手は、最後の数十センチほどを引き上げてくれると、炎《ほのお》とがれきから離《はな》れた安全な壁《かべ》のうしろへと押《お》しやってくれました。

ハイジは、助けてくれた女の人を見ました。その人はゲルバー先生より年上でした。でも、もしかしたら先生より若《わか》くて、顔のしわは苦労を重ねたせいだったのかもしれません。包みをかかえた一人の男の子がそばに立っていました。小柄《こがら》な少年です。ハイジより二つか三つ年下でしょうか。大きな、しっかりした目をしていました。

「だいじょうぶ？」女の人は心配そうにききました。

ハイジはうなずきました。

「でも、顔に血がついてるわ」

「血じゃないんです。あざなんです」そういいながらも、ハイジは顔をさわってみました。指が赤くぬれていました。やっぱり血だったのです。でも、たいしたことはありません。

女の人は、断続的《だんぞくてき》に起こる爆弾《ばくだん》の黄色い閃光《せんこう》の中で、ハイジをしらべました。

「かすり傷《きず》かもしれないわね。ところであんたのお母さんはどこにいるの？」

「お母さんはいないんです」ハイジははっきり言いました。「お父さんもいません。わたしはひとりなんです」

女の人は、しばらくのあいだだまっていました。

「だったら、とりあえずいっしょにいなさい」その人は言いました。

言葉ははっきりしていましたが、感情《かんじょう》はもう使い果たしてしまったとでもいうような、抑揚《よくよう》のない声でした。

「アメリカ兵がいるほうへ行かなくちゃね。ソ連兵からなるべく遠くへね。わかる?」

「ソ連兵がヘルガを殺したんだ」男の子が言いました。それは、男の子からはじめて聞いた言葉でした。高い、怒《おこ》ったような声でした。

「ヘルガってだれなの?」ハイジが小声でききました。

「ぼくの姉さん。あいつら、母さんにもひどいことしたんだ」

横にいた女の人が、ふるえだしました。それから身を寄《よ》せていた壁《かべ》にそってくずれるようにしゃがみこむと、ささやきました。

「先へ進むまえに、ちょっとひと休みしましょう。ほしかったら、袋《ふくろ》のなかに食べ物が入ってるからね」

女の人は、目を閉《と》じました。

「だいじょうぶなの?」ハイジは、小声で少年にききました。

少年はうなずきました。

「休まないといけないだけだよ。母さんは、ヘルガが死んじゃうまでずっと運んできたんだからね」

少年は、ことともなげに言いました。買い物袋《ぶくろ》でも運ぶみたいな言い方です。でも、少年の目と、にぎりしめたこぶしは、それとはべつのことを語っていました。

「名前、なんていうの？」やがて少年がききました。

「ハイジ」

「ぼくはヨハネス・ビレム・シュミット。母さんはシュミット夫人で名前はエルナ。父さんは――」

「シュミット氏でしょ」

「父さんの名前もヨハネスで、ぼくと同じなんだ」

「お父さんはどこにいるの？」

少年はなかなか答えませんでした。

「わからない。でも、ぼくたちをさがしだしてくれるよ。母さんがそう言ってるもん」

「きっとそうだと思うわ」ハイジも小声でいいました。

「休みたかったら、休んでもいいよ」

ヨハネスが気づかうようにそう言ったとき、また一台の戦車がギーギーいいながら通り過《す》ぎていきました。

「ぼくが気をつけててあげるよ」

ハイジは、もう少しでほほえむところでした。まだ小さいのに、ヨハネスがあんまりまじめな顔でそう言ったからです。

「ありがとう」ハイジは言いました。

「母さんのことも、きみのことも、ぼくが気をつけてるから」

ハイジはうなずきました。

「たよりにしてるわね。わたしも、あなたのこと、気をつけててあげるからね」

◆
◇

第18章

そして、それから……

雨が屋根をたたき、道路わきの黄色い地面もぬかるんでいた。向こうに見える黒と白の雌牛《めうし》は、ぬれた草をものうげにかじりとり、悲しげにもぐもぐと口を動かしていた。あいかわらず灰色《はいいろ》の、雨にぬれた世界が広がっている。

「それから何が起こったの？」マークがたずねた。

アンナは両手をポケットにつっこんだ。

「何も。これでお話は終わりなの」

「えっ、そんなのないよ！　その先を話してよ、アンナ！」トレーシーの小さな冷たい指がアンナの手をとろうとした。

アンナはためらっていた。

「ハイジはどこへ行ったの？　シュミットさんたちはどうなったの？　ソ連兵から遠くへ逃《に》げられたの？」マークもうながした。

「シュミットさんとヨハネスは、難民《なんみん》キャンプへ送られたのよ」アンナはまだためらっているようだった。「ベルリンの、アメリカ兵が駐留《ちゅうりゅう》してるところまで行ってからね」

「ハイジは？」マークがきいた。

「ハイジもよ。シュミットさんは、キャンプの人たちに、ハイジは自分のむすめだって言ったの。亡《な》くなったむすめさんのかわりにね。キャンプで新しい証明書《しょうめいしょ》をつくってもらったんだけど、それにはヘルガ・シュミットって書いてあった。だからハイジはヘルガになったの」

「それから？」

「それからみんなでオーストラリアに移住《いじゅう》してきたのよ」アンナは思いきったように言った。

マークはとまどった。

「オーストラリアだって？　この国にってこと？」

アンナはうなずいた。

「でも……そんなのありえないよ！」

「ところがそうじゃないの！　第二次世界大戦が終わると、オーストラリアにもたくさんの難民《なんみん》がやってきたのよ。シュミットさんは、難民《なんみん》キャンプでだんなさんとも出会えたから、一家そろってオーストラリアにやってきたの。だんなさんも、ハイジをむすめとして受け入れたのよ。難民《なんみん》の人たちは、家族以外は何もかも失ってしまっていたから、だんなさんは、ハイジのことを『アイネ・ガーベ・フォン・ゴット』だって言ったの。神様からの贈《おく》り物っていう意味よ」

「ドイツ語がしゃべれるなんて知らなかったな」マークが言った。

アンナは寒さに赤くなった鼻をこすりながら言った。

「単語を少しだけね。おばあちゃんに教えてもらったの。おばあちゃんは……ちょっとドイツ語がしゃべれたから」

ベンが顔をしかめて言った。

「でも、そいつがオーストラリアに来たはずないよ。ヒットラーのむすめが来たなんて話、だれも聞いたことないぜ」

「ばかだな。ほんとの話じゃないんだよ。しっかりしろよ」マークはそう言ったが、あまり自信はなさそうな声だった。

「それに、ヒットラーのむすめだってことは、だれも知らなかったんだよね、アンナ？」

トレーシーが口をはさんだ。

アンナは首をふった。

「ねえねえ、つづきを話してよ」マークがゆっくりとうながした。

「その後は、オーストラリアの学校に通ったのよ。卒業には、ほかの生徒より時間がかかったけどね。だって、知らないことがありすぎたし、英語も勉強しなくちゃいけなかったからね。それから大学に入って、お医者さんになったの。小児科医《しょうにかい》よ。子どものためのお医者さんね」アンナはトレーシーのためにつけ加えた。

「結婚《けっこん》したの？」トレーシーがきいた。

アンナはうなずいた。

「相手もお医者さんだったのよ。そして子どもも生まれたの」

「ヒットラーの孫だ！」マークが言った。

「ちがうわ。ハイジの子どもよ」アンナが言い張《は》った。

「その子たちはどうなったんだい？」ベンがたずねた。「おい、ヒットラーの孫の一人が総理大臣《そうりだいじん》になったとしてみろよ。そいつとは戦わなくちゃなんないぞ……バーン、バン、バン！」

「子どものひとりは家具職人《しょくにん》になったし、もうひとりは……」アンナはためらっていた。「うーん、わかんないな」

「だけど、自分で考えた話なんだろ！　わかんないはずないよ」マークが言い張《は》った。

「先生になったんでしょ」トレーシーが、きっぱりと言った。「もうひとりは学校の先生になったんだよね」

アンナは少しほほえんだ。

「いいわ。じゃあ先生ね」

「ひえーっ。ヒットラーの孫に勉強習うんだぜ」ベンが言った。「毎朝ジーク・ハイル、ジーク・ハイル、ジーク・ハイルって、行進させるんじゃないか。で、生徒たちはナチスがやってたみたいにひざをぴんと伸ばして、揚《あ》げ足歩調で教室に入ってこなくちゃいけないんだ。そいつは、あの変なちょびひげも生《は》やしてるかもな。おい、バスが来たぞ！　バスが洪水《こうずい》かなんかで動けなくなって、学校に行けなくなるかと思ったよ」

バスはゆっくりと歩道に近づいて停《と》まった。いつものようにトレーシーが最初に走っていって乗りこんだ。その後をベンが歩いていく。マークは待合所でぐずぐずしていた。

「アンナ?」

「うん?」アンナはカバンを取り上げた。

「あの……ハイジはだれかに話したのかな? お父さんがだれかってことを?」マークがきいた。

アンナは視線《しせん》を合わせなかった。

「話せるわけないでしょ? ヒットラーと同じように自分まで憎《にく》まれるにきまってるもの」

「だけどハイジのせいじゃないだろ」

アンナは肩《かた》をすくめた。

「言ってもだれも信じないでしょ? それに、新しい生活を始めたかったのよ……ほかの人みたいに、笑いあえるような家族や友だちがいる、ほんとうの生活をね」

アンナが待合所を出ようとしたので、マークは腕《うで》をつかんでひきとめた。

「だったら、ずっと……ずっと秘密《ひみつ》にしてたってわけ？　だれにもしゃべらなかったの？」

アンナはうなずいた。そして腕《うで》を引きもどすと、ぬかるみを歩いて排水溝《はいすいこう》を越《こ》え、しめって冷たいバスの中に乗りこんだ。

マークも後を追って乗りこむと、いつもどおり運転席のすぐうしろにすわったおちびのトレーシーに目をやった。いつもより静かにしてるみたいだ。トレーシーも、ヒットラーのむすめのことが頭から離《はな》れなくて、考えこんでいるのだろうか？

マークも、アンナのうしろのいつもの席にすわった。アンナは窓《まど》の外をのぞき、悲しげな雌牛《めうし》たちを見ていた。雌牛《めうし》たちも青々とした草を口からたらしながら、目をしばたたいてバスを見ていた。アンナの口はきゅっとしまり、目もとがうっすらと光っていた。

「アンナ？」

「なに？」アンナはふり向かなかった。

「ごめん」

どうして謝《あやま》るのか自分でもわかっていなかったが、マークはそう言うのがふさわしいような気がした。

アンナが肩《かた》をすくめると、上着が座席《ざせき》にこすれて音をたてた。マークはもう一度言った。

「言えなかったのは、あたりまえだよね。だれにも、ほんとうにはわかってもらえないもんな」

マークは、自分の思いをなんとか言葉にしようとしていた。

「言えば、自分じゃなくて、ヒットラーのむすめとしてしか見てもらえなくなっちゃうよな」

アンナがふり向いて、マークを見た。そしてうなずいた。

「一生ヒットラーのむすめとして過《す》ごさなくちゃいけなくなるわよね。一生よ……」

「思ったんだけど……」マークがつっかえながら言った。「もしかして……自分の胸《むね》だけにしまっておけなくなる時もあったかもしれないよね。だれかに言いたくなる時がさ……一度だけでもさ」

アンナは窓《まど》の外の、どんよりとした空と、もっとどんよりした雨をながめた。それから、マークに視線《しせん》をもどした。

「だから孫むすめに話したのよ」アンナは静かな声で言った。「あんたが言うみたいに、たった一度だけ。きょうみたいな雨の日に。亡《な》くなる前だった。ゲルバー先生のことも、ライプさんのことも、シュミット一家のことも、みんな……。でも、それはお話だったの。これは、ただのお話なのよって、孫むすめにも言ったの。ただのお話。空想のお話だって」

「空想のお話……」マークも、こだまのようにその言葉をくりかえした。

アンナがうなずいた。そしてまた前を向くと、窓《まど》の外をながめた。

オレンジ色の泥《どろ》をはねながら学校へと向かうバスが通り過《す》ぎていくのを、雨にぬれた雌牛《めうし》たちが見ていた。

訳者《やくしゃ》あとがき

ヒットラーを知っていますか？　名前は聞いたことあるけど、よく知らないという人も多いかもしれません。アドルフ・ヒットラーは、一八八九年オーストリアに生まれ、最初は芸術家《げいじゅつか》になろうとしますが失敗してドイツに移住《いじゅう》し、第一次世界大戦にドイツ兵として参戦します。一九一九年にはドイツ労働党《ろうどうとう》（のちのナチス）に入党《にゅうとう》して、たくみな演説《えんぜつ》で人々の心をとらえて党《とう》の独裁者《どくさいしゃ》となり、三四年には首相《しゅしょう》と大統《だいとう》領《りょう》を兼《か》ねて自らを総統《そうとう》と称《しょう》するようになります。それ以降《いこう》は、気に入らない「敵《てき》」を抹殺《まっさつ》し、近くの国をどんどん侵略《しんりゃく》して、第二次世界大戦を引き起こします。そして大戦中に六〇〇万人のユダヤ人、五〇万人のロマ人、ほかに体の不自由な人たちなどあわせて約一一〇〇万人を、強制労働《きょうせいろうどう》や毒ガスなどで大量に虐殺《ぎゃくさつ》したのです。このとき日本は、イタリアとともにヒットラーのドイツと手を結び、オーストラリアをふくむ世界を敵《てき》に回して戦って負けたのでした。

第二次世界大戦とか、ナチスとかヒットラーというと、自分とはあまり関係のない昔の話に思えます。『アンネの日記』や、わたしが訳《やく》した『もう一つの「アンネの日記」』など、ナチスが支配《しはい》した社会の中でのユダヤ人の苦しみを書いた本は、日本でも数多く出版《しゅっぱん》されてよく読まれていますが、きっと昔の歴史をふりかえるような気持ちで読む人が多いと思います。そして今はもうそんなひどい時代は終わってみんながより幸せな暮《く》らしをすることができるようになったのだと、わたしたちはつい思ってしまいがちです。

でも、ほんとうにそうなのでしょうか？　すぐ身の回りには苦しんでいる人たちが見えなくても、世界を見まわしてみると、あのときのユダヤ人と同じように理不尽《りふじん》な弾圧《だんあつ》や攻撃《こうげき》を受けて苦しんでいる人たちは、まだたくさんいるのではないでしょうか？　マークの夢《ゆめ》の中には、ジーンズをはいて現代風《げんだいふう》のヘアスタイルをしたヒットラーが出てきますが、今の時代だってヒットラーのような人がまたあらわれるかもしれません。あるいは、もうあらわれているのかもしれません。

この『ヒットラーのむすめ』は、ほんとうにいたかどうかはわからない謎《なぞ》の少女ハイジと、ハイジの物語にひきこまれていく現代《げんだい》の少年マークをうまくつなげることによって、第二次世界大戦の時代と、わたしたちが生きている今の時代をうまく結びつけています。マークは「どうやったら善悪《ぜんあく》の違《ちが》いがわかるのだろう？」とか、「自分のまわりの人たちがみんな間違《まちが》っていたら、自分はどうしたらいいのか？」とか、「自分のお父さんが極悪人《ごくあくにん》だったらどうしたらいいだろう？」などと、さまざまな疑《ぎ》問《もん》をもちますが、それはマークだけでなく、多くの子どもたちがいだく疑問《ぎもん》ではないでしょうか？

作者のジャッキー・フレンチは、子どもの本ばかりでなく園芸や料理の本も書いているオーストラリアの女性《じょせい》作家です。『ヒットラーのむすめ』は、オーストラリア児童図書賞を受賞したばかりでなく、イギリスやアメリカでも賞を受けたり推薦《すいせん》図書にえらばれたりして、高い評価《ひょうか》を受けています。

さくまゆみこ

新装版《しんそうばん》へのあとがき

この本の作者ジャッキー・フレンチは14歳《さい》のころ、ドイツ語の宿題を手伝ってくれた人から少年時代の話を聞きました。その人は、ナチス支配下《しはいか》のドイツで育ったのですが、家族も先生も周囲の人もみんなヒットラーの信奉者《しんぽうしゃ》だったので、自分も一切疑《うたが》いをもたず、障害《しょうがい》をもった人やユダヤ人やロマ人や同性愛者《どうせいあいしゃ》、そしてヒットラーの方針《ほうしん》に反対する人々は、根絶《ねだ》やしにしなくてはいけないと思《おも》い込《こ》んでいたそうです。そしてその人は強制収容所《きょうせいしゅうようしょ》の守衛《しゅえい》になったものの、戦争が終わると戦犯《せんぱん》として非難《ひなん》され、密出国《みっしゅっこく》してオーストラリアに渡《わた》ってきたとのことでした。「周囲が正気を失っているとき、子どもや若者《わかもの》はどうやったら正しいことと間違《まちが》っていることの区別がつけられる？」と、その人は語っていたと言います。

作者のフレンチは、長い間そのことは忘《わす》れていました。でもある日家族で「キャバレー」というミュージカルを見に行った時、息子《むすこ》さんが、ウエーター役が美声で歌う

「明日は我《わ》がもの」に共感し、その後にそのウエーターや周囲の人々がナチスの制服《せいふく》を着ているのに気づいてショックを受け、「自分もあの時代に生きていたら、ナチスに加わっていたかもしれない」とつぶやいたのだそうです。息子《むすこ》さんは当時14歳《さい》。それで、フレンチは自分が14歳《さい》のときに聞いた話を思い出し、この本を書かなくてはと思ったのでした。

本書がすばらしいのは、子どもが自分と世界の出来事を関連させて考えたり想像《そうぞう》したりしていくところだと思います。今、戦争を子どもに伝えるのは、そう簡単《かんたん》ではありません。体験者の多くがもうあの世へ行ってしまって直接的《ちょくせつてき》な出来事として聞く機会は少なくなりました。それに、暗い物語は敬遠《けいえん》され、軽いものがもてはやされる時代です。そんななか、子どもへの伝え方を工夫して書かれたこの物語が、今の日本でも多くの人々に読《よ》み継《つ》がれているところに、わたしは一筋《ひとすじ》の光が見えているような気がしています。

さくまゆみこ

Jackie French　ジャッキー・フレンチ

オーストラリアの児童文学作家。シドニー生まれ。ニューサウスウェールズで、ワラビーやウォンバット、いたずら好きのコトドリ、オオトカゲたちにかこまれて暮らしている。『ヒットラーのむすめ』は、イギリスでの受賞をふくめ、10の賞に輝いた。主な邦訳書に、『ダンスのすきなジョセフィーヌ』（鈴木出版）などがある。

ホームページ（英語）：http://www.jackiefrench.com/

さくまゆみこ

東京に生まれる。文化出版局、冨山房で児童書編集に携わったのち、現在は翻訳家として活躍中。「アフリカこどもの本プロジェクト」代表。JBBY会長。主な著書に、『エンザロ村のかまど』（福音館書店）など。主な訳書に、「ホーキング博士のスペース・アドベンチャー」シリーズ（岩崎書店）、『紅のトキの空』（評論社）、『空の王さま』（BL出版）、『わたしのおひっこし』（光村教育図書）、『あさがくるまえに』（岩波書店）、『ヘブン ショップ』、『わたしは、わたし』、『ネルソン・マンデラ』（いずれも鈴木出版）など多数。

ホームページ http://baobab.main.jp

北見葉胡（きたみ ようこ）

神奈川県鎌倉市に生まれる。個展のかたわら、絵本・書籍挿画などで活躍中。主な絵本に、『ちいさなちいさなちいさなおひめさま』（BL出版）、「はりねずみのルーチカ」シリーズ（講談社）、『ねっこばあのおくりもの』（ポプラ社）、「グリム絵本」シリーズ（那須田淳訳 岩崎書店）などがある。2009年『ルウとリンデン 旅とおるすばん』（小手鞠るい作 講談社）でボローニャ国際児童図書賞受賞、2015年『マッチ箱のカーニャ』（白泉社）でボローニャ国際絵本原画展入選。

ホームページ：http://www.asahi-net.or.jp/~bg4t-ktm/

鈴木出版の児童文学　この地球を生きる子どもたち

ヒットラーのむすめ〈新装版〉

2004年12月 8日　初　版　第1刷発行
2018年 3月12日　新装版　第1刷発行

作　者／ジャッキー・フレンチ
訳　者／さくまゆみこ
発行者／鈴木雄善
発行所／鈴木出版株式会社
〒113-0021　東京都文京区本駒込 6-4-21
電話　代表　03-3945-6611
編集部直通　03-3947-5161
ファックス　03-3945-6616
振替　00110-0-34090
ホームページ　http://www.suzuki-syuppan.co.jp/
印　刷／図書印刷株式会社
 Printed in Japan ISBN 978-4-7902-3340-4 C8397
乱丁・落丁は送料小社負担にてお取り替えいたします

この地球を生きる子どもたちのために

芽生えた草木が、どんな環境であれ、根を張り養分を吸収しながら生長するように、子どもたちは生きていくエネルギーに満ちています。現代の子どもたちを取り巻く環境は決して安穏たるものではありません。それでも彼らは、明日に向かって今まさにこの地球を生きていこうとしています。

そんな子どもたちに必要なのは、自分の根をしっかりと張り、自分の幹を想像力によって天高く伸ばし、命ある喜びを享受できる養分です。その養分こそ、読書です。感動し、衝撃を受け、強く心を動かされる物語の中に生き方を見いだし、生きる希望や夢を失わず、自分の足と意志で歩き始めてくれることを願って止みません。

本シリーズによって、子どもたちは人間としての愛を知り、苦しみのときも愛の力を呼び起こし、複雑きわまりない世界に果敢に立ち向かい、生きる力を育んでくれることでしょう。そのとき初めて、この地球が、互いに与えられた人生について、そして命について話し合うための共通の家（ホーム）になり、ひとつの星としての輝きを放つであろうと信じています。